PREMI
GRAN ANGULAR
1991

QUÈ FAREM, QUÈ DIREM?

PEP COLL

cruïlla

llegircruilla.cat

Primera edició: febrer de 1992
Trenta-dosena edició: setembre de 2013

Edició: Gemma Lienas i Massot
Fotografia de la coberta: Eliol Ciol / Corbis
Disseny de la coberta: Estudi SM

Balmes, 245 - 08006 Barcelona
editorial@cruilla.cat

ISBN: 978-84-7629-685-1
DL: M-48110-2010
Imprès a la UE / *Printed in EU*

Al Ferran Rella,
que té els minairons al cos,
i al Joan Ribera,
que me'ls va ficar dins de l'ordinador.

1

ME'N RECORDARÉ tota la vida, de la temporada que vaig tenir el canut dels minairons. Llavors jo era una nena de tretze anys i mig, prima i escardalenca, amb el cabell curt com un bordegàs. Hivern i estiu, anava sempre amb texans i vambes, i els meus peus tenien unes ganes boges de córrer i de saltar. Ja us podeu imaginar que jo estava condemnada a anar a estudi matí i tarda.

Em rebentava haver d'anar a l'escola, sobretot per les notes que em posaven els mestres. En totes les assignatures m'endinyaven un bé, que per a mi és la pitjor nota que em poguessin donar. No sé si m'enteneu. Si, per exemple, traus un suspens, vol dir que ets un gandul o bé un talòs. «Un tros de carn beneïda», que diu la padrina. Un suficient és una nota molt important, reservada als més llestos de la classe. Tan espavilats, que poden anar passant sense matar-s'hi gaire. Ho saben calcular molt bé, de manera que només estudien el poc que cal per anar aprovant justet. Al meu col·legi, els sufis són els que tenen més amics. Molts més que els notables i els excel·lents, una colla de creguts i antipàtics, entre els quals no hi sol faltar la nena lletgeta, el xiquet tímid amb ulleres de cul de got i tots els fills dels mestres.

Us ho torno a dir: el bé és la nota més fastigosa que em podien plantificar. Era com si la tutora digués als meus pares: «És una nena estudiosa però curteta. Fa el que pot i potser un dia arribarà a notable.» Quan la tutora cantava les meues notes, tota l'estona feia bé, bé, bé, com una ovella que torna de pasturar i crida el seu corder. I tota la classe en pes, com un corral de borrecs, contestava els bels de la mestra. Quan els companys em cridaven –em dic Bet–, arrossegaven la e del meu nom i es partien de riure.

La història que ara em disposo a contar-vos va començar l'últim dia d'escola abans de les vacances de Nadal. A primera hora del matí, ens vam disfressar de pastoret, de marededéu, de caganer i de totes les figuretes que us pugueu imaginar en un pessebre. Vam passar les dues primeres hores cantant nadales i fent el bèstia per les classes.

Després del pati, els del meu curs estàvem inaguantables. Ens tocava socials, amb la senyoreta Carme. A la pobra dona li fèiem veure la padrina: de tant fer-nos crits, es va quedar sense veu. Llavors, va agafar el guix i va escriure a la pissarra: «Si feu bondat una estona, us deixaré anar al museu.» Vam continuar fent xivarri, però així que va tocar el timbre, ella ens va indicar amb signes que pleguéssim els llibres i que toquéssim el dos. Ens vam afolcar cap a la porta donant-nos empentes i fent una cridòria de mil dimonis, com si s'hagués calat foc al col·legi. Es veu que la senyoreta Carme encara en tenia més ganes que nosaltres, de perdre'ns de vista i de sortir a escampar la boira!

Jo també me'n vaig alegrar. I no és pas que m'entusiasmés especialment la visita al museu. Sempre que hi anàvem, em recordava del cementiri del poble, quan per Tots Sants la mare em feia portar flors a no sé quins padrins. Davant de cada nínxol hi ha una placa amb la fotografia del mort enganxada, amb un escrit on diu que hi ha les despulles de la senyora Tal i tota la pesca. També al museu, sota de cada trastot vell, hi ha un cartellet amb el nom de l'eina i una explicació: «Coder. Servia per esmolar la dalla.» I jo pensava, amb la meua intel·ligència normaleta de nena-que-sempre-trau-bé: «Abans potser sí que servia per a moltes coses, però si ara no serveix per a re, quin valor pot tenir aquesta andròmina?» A més, una altra cosa. Us heu fixat que les persones grans, quan van al cementiri, enraonen a mitja veu, com si tinguessin por de despertar els morts? Doncs al museu passa el mateix: si parles tranquil·lament, el senyor Quim, el vigilant, et crida l'atenció.

El museu d'Esterri és un museu d'etnologia. Aquesta parauleta vol dir, com es pot llegir al fulletó, que «el museu recull les eines i les formes de vida tradicionals del Pirineu». Si us l'imagineu com una sala fosca, plena de ferraments i roba de l'any de la picor, esteu equivocats. Al museu del meu poble hi ha maquinetes per jugar, una sala de vídeos de dibuixos i una biblioteca de contes. No és que t'ho passis de conya, però almenys no t'avorreixes com a la classe. Així doncs, encara que la visita al museu no em fes xisclar d'alegria, preferia allò a quedar-me a l'escola i respirar aquell tuf resclosit de criatura, barreja de plastilina, de perfum de senyoreta i de marrec que es fa pipí al damunt.

A fora al carrer feia un fred que gelava la cua dels gats. Els grans –els de BUP també els acabaven d'aviar– corrien amb els talons al cul per ser els primers a ocupar les maquinetes dels videojocs. Quan jo vaig arribar a la sala del Paller del museu, tots els ordinadors ja estaven agafats. L'Iu jugava al joc del pastor i el llop.

–T'hi deixo jugar. Té, seu –em va dir, fent-me un lloc al seu tamboret.

–Ja te'l pots confitar –li vaig dir. I el vaig deixar amb la boca oberta, mentre el llop se li anava cruspint tots els caps de bestiar. L'Iu ho feia per tenir-me al seu costat. És més apegalós que la pudor, aquest noi!

A la sala dels vídeos, passaven els dibuixos de *La vella de Romadriu*. L'he vist més de cent vegades, aquest conte. De manera que vaig pujar a les golfes, on hi ha la Sala dels Mites del Pirineu. No hi havia ningú. Confesso que em feia una mica de cosa de trobar-me sola entre tantes figures, que plantaven immòbils com si m'esperessin. Tenien una retirada amb els sants de l'església. L'Óssa Ferrera amb el seu cadell sota l'aixella, la Xeta Pelada fent tractes amb el llop, el captaire Peirot amb les alforges buides, les Dones Encantades estenent la bugada, el gegant Rotllà traginant l'espasa i el mall de farga... Les anava observant de passada, imaginant que d'un moment a l'altre, una d'elles es bellugaria i començaria a enraonar, com als contes que havia llegit.

Al fons de tota la filera vaig veure una vitrina nova, almenys jo no l'havia vista mai. «Els minairons», deia la placa. I a sota, entre parèntesis: «Follets del Pirineu, coneguts també amb el nom de *diablorins* (Alta Ribagorça) o *familiars* a moltes zones de Catalunya.» Més avallet explicava, amb lletres xiques: «Els minairons són uns éssers fantàstics, capaços d'enllestir molta feina en un tancar i obrir d'ulls. El seu amo acostuma a guardar-los dins d'un canut d'agulles. Són tan remenuts, que n'hi caben milers.» Deia també que, quan el seu amo obria el canut, els minairons sortien neguitosos i et demanaven una feina. Si no els en manaves cap, et feien la pell en un tres i no res. Dintre de la vitrina hi havia un canutet de fusta molt vell, i un pedrot, gros com un diccionari. Cada objecte tenia l'explicació corresponent. «Canut dels minairons. Procedent de cal Xollat de Bonarri», deia un cartell. I l'altre: «Roc procedent del Ras de Conques, una tartera de pedres amuntegades pels minairons.»

Tot just començava a llegir la rondalla del Ras de Conques quan em va semblar que el canut es movia una mica. Vaig continuar llegint tot donant reüllades al tub. No hi havia dubte: el canut cada cop es bellugava més. Es balancejava fent una mena de vaivé, com si algú sorollés la vitrina. Primer de tot, se'm va ocórrer de pensar que els minairons de dintre es gronxaven, com nosaltres quan van canviar les clavegueres del poble i jugàvem a rodar cargolades dins dels tubs. Encabat, em vaig espantar una mica. Vaig donar un tomb per la sala, per aclarir-me. Quan vaig tornar a ser de morros a la vitrina, el canut va donar una volta sencera cap a la dreta i es va atansar a la pedra.

Hi devia estar molta estona, amb els ulls clavats al canut, mirant com es bellugava... Tot d'una, vaig sentir passos darrere meu. Aleshores el canut va quedar quiet, com un isard que ha olorat el caçador i l'escolta amb les orelles dretes:

–Vinga, Bet. Ja se n'han anat tots! –Era la veu de l'Iu.

–Ssst. Has vist, Iu? Aquest tub es belluga tot sol –vaig dir assenyalant-li el canut.

El xiquet, que és alt com un sant Pau, va

abaixar el cap fins a la vitrina. Durant uns quants segons, tots dos vam clavar els ulls al canut. Llavors, però, el tub no es va moure. Com si els de dins s'aguantessin la respiració.

–Anem, Bet. No siguis criatura! –va dir l'Iu. I vaig sentir com la seua manassa m'agafava el braç.

–Vés-te'n tu! Pesat, més que pesat! –vaig xisclar.

Va girar cua sense dir re més. Encara no havia arribat al pis de baix que el canut ja tornava a bellugar-se davant dels meus nassos.

Quan vaig sortir del museu, el vigilant ja mirava el rellotge per tancar. A casa hi havia el meu pare esperant que arribéssim la mare o jo per dinar. Sense una dona a casa, fóra capaç de morir-se de gana.

–Hauries pogut parar taula. No t'ho diu el cor? –em vaig queixar.

–Acabo d'arribar ara mateix –va fer ell.

La mare encara no havia tornat de l'Ajuntament. Segurament devia tenir una reunió molt important, com totes les seues reunions. I ara m'adono que encara no us he presentat els meus pares. Potser hauria d'haver començat per aquí. Recordo que la majoria d'històries que he llegit ho fan així. En realitat, els meus pares, tant l'una com l'altre, no tenen gran cosa d'especial. La mare fa les feines de la casa. Jo també li dono un cop de mà, de tant en tant. La resta del temps, se'l passa a l'Ajuntament: és regidora de Cultura i de no sé quantes coses més. Ella diu que així es distrau i no li agafen neures. Al poble, però, tothom reconeix que en això de fer política hi té molta traça. Tots els partits la festegen i li van al darrere perquè es faci dels seus. I ella, sigui perquè és molt presumida o perquè no sap dir mai que no, el cas és que cada vegada que hi ha eleccions es presenta per un partit diferent. Així no arribaràs mai gaire lluny, se li'n riu el meu pare. I ella respon que ja li està bé, que no pensa moure's d'Esterri.

I què us diré del meu pare? És un home d'una quarantena d'anys, i treballa a la Central Elèctrica. Bé, això de treballar, és un dir. En realitat, el seu treball consisteix a anar cada dia a la Central i quedar-se allí assegut en una cadira esperant que passin les vuit hores del seu torn. Ell, de feina no n'ha tocat mai, deia el padrí. Per això, amb les vaques no hi ha voler saber re i se les va vendre. I encabat, no va recensar fins a poder entrar a la Companyia.

El meu pare té la dèria d'amidar-ho tot. Sempre va amb la cinta mètrica a la butxaca i, amb la més mínima excusa, se la trau per prendre les mides a qualsevol cosa. Si, per exemple, la mare diu a mig dinar que hauríem de canviar el rentaplats perquè ja m'ha trencat una altra copa, el pare s'alça de la taula i corre cap a la cuina a veure quants centímetres fa de llarg, d'ample i de fondària. El millor regal que li pots fer és comprar-li un quadre. Abans de decidir-se a foradar la paret, es pot estar ben bé una setmana sencera prenent mides. Ell s'ho passa de conya, tant, que no es recorda ni d'anar al bar a fer la botifarra. Això sí, pots estar segur que finalment el quadre penjarà ben dret al lloc més adequat de la casa. Aquesta fal·lera del meu pare em fa recordar que jo llavors no parava de créixer. Amb dos ditets de taló, ja era tan alta com la mare. En una sola nit vaig fer una estirada de tres centímetres. Almenys això és el que va dir el pare, que en aquella època mirava quant feia d'alçada cada nit abans d'anar-me'n a dormir. Després d'aquella nit, em vaig aturar. El meu cos va deixar de créixer cap amunt i va començar a medrar cap als costats.

Tornem, però, al dia que vaig anar al museu. Mentre dinava, va sonar el telèfon. S'hi va posar el pare.

–És per a tu, Bet.

–Qui és?

–No ho ha dit, és un xiquet...

–Doncs, pregunta-ho, home.

–De part de qui? –va preguntar a l'aparell–. És l'Iu.

–Dis-li què vol.

Al meu pare ja se li'n començava a pujar la mosca al nas.

–La Bet està dinant en aquests moments –va dir a l'aparell–. Que és urgent?... Ha penjat.

–Quin descans –vaig respirar. I vaig continuar menjant. Tenia més fam que deu cadells.

2

L'ENDEMÀ a mig matí vaig tornar al museu per parlar amb el vigilant. És un home de mitjana edat, ni vell ni jove, que cobra les entrades i et fa callar si parles fort. Ell és, com si diguéssim, el pare del Museu d'Esterri. Es va passar els millors anys de la seua joventut recollint fotografies descolorides i instruments del camp més vells que l'anar a peu. I quan en va tenir un bon munt, va començar a pidolar diners a l'alcalde i als peixos grossos. No va callar fins que li van haver construït el museu. El vigilant és manc, li falta el braç dret. Una vegada, quan recollia trastos per aquests pobles abandonats on Nostre Senyor va perdre una vamba, li va caure una biga al damunt i li va deixar el braç com una coca. Pobre, en quedar esgarrat, li van donar la feina de conservador del museu. Viu tot sol i no es fa gaire amb la gent del poble. Així que plega de la feina, es tanca a casa, com una aranya al seu forat. La veritat és que a mi no em faria gens de gràcia de trobar-me'l, sola i de nit, per la vora del riu.

–He de fer un treball per a l'escola i voldria parlar amb vostè. –Em vaig presentar al Quim amb una mentida.

–Molt bé, nena, per això sóc aquí. Què vols saber del museu?

–Tot el que em pugui dir dels minairons.

Quan va sentir la paraula *minairó*, va fer cara de prunes agres.

–No sé si te'n podré dir gran cosa...

–Com és que tenen aquest nom tan estrany?

–*Minairó* és un derivat de *mina*. Vol dir una cosa així com «petit miner». La gent en diuen també *manairó* i *menairó*, i altres noms. Que no has llegit el text de la vitrina?

–Me l'he llegit de cap a cap. Però, vostè segur que en sap més coses...

–Jo t'aconsello que facis el treball sobre qualsevol altra cosa. Al museu hi ha personatges amb els quals et podries lluir, com per exemple el Joan de l'Ós. La mestra no tindria altre remei que posar-te un excel·lent. Deixa'ls córrer, els minairons! No els trobaràs a cap llibre. A més, eren uns follets molt violents i sanguinaris.

–És veritat que mataven l'amo, si no els manava cap feina?

–I tant, nena! Mira, els amos de les millors cases del Pirineu van morir estrangulats per aquests petits assassins.

–Ostres, que interessant!

En veure que per aquest camí encara m'encuriosia més, l'home va canviar d'estratègia:

–Suposo que no t'ho creus. Tot això són romanços.

–Vol dir que els minairons no han existit mai?

–I és clar que no, dona –va forçar una rialla amb tota la dentadura postissa–. Mira, saps el que han demostrat els antropòlegs? Doncs que totes aquestes històries de minairons, barrufets i altres diablets, són al·lucinacions dels bruixots primitius. Es veu que es drogaven amb un bolet que es diu matamosques. Bé n'has prou vist pel bosc, és de color vermell amb tot de piquets blancs. Així que se n'havien menjat un tall, començaven a al·lucinar com els qui es droguen. En els seus viatges es veien xicarrons com els mosquits, amb unes ganes boges de volar i de fer feina. Aquests bruixots, doncs, eren uns drogaaddictes que anaven sempre penjats, amb el mono dels bolets. Com que els matamosques no abunden gaire, ensarronaven la gent fent-los creure que eren bolets verinosos. Així n'hi hauria més per a ells! Tot això dels bolets és molt misteriós, saps de què ve l'expressió *estar tocat del bolet?*

No ho sabia ni m'interessava gaire de saberho. El que sí que sabia, i no calia pas traure un suficient de mitjana per adonar-se'n, és que aquell home estava fugint d'estudi. Jo li preguntava pels minairons i ell em sortia amb tot allò dels bolets.

–A veure si ens aclarim –vaig tallar–. Al principi m'ha dit que són uns follets molt perillosos. Com ho poden ser si no existeixen?, si només són al·lucinacions de quatre penjats?

L'home no em va contestar. Va aixecar el cap i va fer un senyal a algú que s'esperava darrere meu. Una parella de turistes francesos acabaven d'arribar. Em vaig enretirar cap a un cantó del taulell per fer-los lloc.

–Volen entrada, oi? –va dir el vigilant.

Van fer que sí en gavatx. Es van traure de la butxaca un grapat de monedes i se les van mirar i remirar d'una en una, per cada costat. Amb aquesta mirada estúpida amb què els estrangers examinen els diners del nostre país.

–Torno de seguit! –vaig dir mentre comptaven–. M'arribo un moment a dalt, a la Sala dels Mites.

–Hauràs d'agafar entrada! –em parà els peus el vigilant.

–És un moment! –vaig protestar.

–Em sap greu, nena, però no et puc deixar passar. Les normes són per a tots.

–Ja li ho he dit, faig un treball per a l'escola. A més, vostè ja em coneix.

–Em aquest poble tots ens coneixem, Bet. Si us hagués de deixar colar a tots, aquí no pagaria ni Déu! Ja podria tancar el museu perquè no en faria ni cinc de calaix! També et coneixen a la pastisseria, oi?, i no et donen el pa de franc!

–Està bé –no volia discutir més–. Quant val?

—Per als majors de deu anys, dues-centes. Dissabte és més car, que és dia festiu.

Em vaig palpar les butxaques, no les duia pas. A més, encara que les hagués portat, no sé pas si me les hauria malgastat així. Als meus tretze anys i mig, dues-centes pessetes eren una fortuna. Mitja setmanada! Vaig sortir del museu ben emprenyada amb el vigilant. El cuquet de la curiositat em rosegava el cervell: aquell home m'amagava alguna cosa. Per què dimonis no volia de cap manera que fes un treball sobre els minairons? De ben segur que si jo hagués estat una nena de notables, estudiosa i obedient com un gosset, hauria fet cas al vigilant. Però jo no allargava tant: era una nena-que-sempre-trau-bé. I doncs, incapaç de saber veure el perill que realment hi ha dins del canut dels minairons.

Havent dinat vaig anar a veure ma padrina, que viu a l'altre costat del pont, al barri de la Barceloneta. És la mare de ma mare, i des que es va morir el padrí viu sola en un pis. A casa, però, no s'hi està gaire, sempre roda per aquests mons de Déu en un autocar de jubilats. Van a Andorra a comprar formatge, a Mallorca a prendre el sol i a Lurdes a beure aigua d'una font. Quan torna d'aquest últim viatge, sempre em porta una medalleta blava i em fa beure un gotet d'aigua que té gust de plàstic. S'ho passa d'allò més bé viatjant, ella que de jove només havia estat a Barcelona fent de minyona. Aquella tarda la vaig trobar a casa amb el cap ple de rul·los.

Preparava un pastís per a la festa del vespre a la Llar dels Jubilats. Vaig anar directe al gra:

–Padrina, vós heu sentit parlar dels minairons?

–Vols dir els manairons –va riure ella, mentre batia els ous.

–Bé, sí, és igual.

Va ficar la pasta al forn i, mentre esperàvem que el pa de pessic s'espongés, em va explicar aquesta rondalla. La vaig copiar a raig, com vaig poder, i en arribar a casa, la vaig passar en net. Llegiu-la, si voleu.

Fa anys i panys, un hereu de cal Tor d'Alós tenia el canut dels minairons. Diuen que abans d'anar-se'n al llit, l'home els manava la feina que havien de fer. Mentre ell dormia com un soc, els minairons treballaven com uns esperitats tota la santa nit. En poc temps, cal Tor es convertí en la millor casa del Pirineu.

Un dia aquest hereu baixava a Lleida pels seus negocis. Quan ja era a la Borda de Borén, es va recordar que s'havia descuidat del canut dels minairons. Hi va fer tornar el mosso:

–A l'armari de la meua habitació hi trobaràs un canutet d'agulles. Vés-lo a buscar –li va manar–, però, sobretot, no l'obris. No el destapis per re del món!

El mosso, cames ajudeu-me, va tornar a Alós. Tot just sortir del poble, l'home, picat per la tafaneria, va voler saber què dimonis hi guardava el seu amo. En traure el tap, va sortir un raig de minairons que feia feredat de veure. «Què farem, què direm? Què farem, què direm?», brunzien neguitosos davant dels seus nassos com un eixam de mosquits. L'home, tot desconcertat, no sabia pas què fer. Finalment se li va ocórrer de dir:

–Agafeu aquests rocs i porteu-los a l'altre cantó de riu.

Com emportats pel follet, els minairons es van afolcar cap a l'indret on el mosso els assenyalava i, en un batre d'ulls, van dur les pedres a l'altra riba. Immediatament, van tornar a arremolinar-se damunt del seu cap. «Què farem, què direm? Què farem, què direm?», rondinaven cada cop més nerviosos.

–Doncs ara –va dir el mosso–, fiqueu-vos tots dintre d'aquest canut.

En un ai, van colar tots per l'ull del canut, com si se'ls xuclés un remolí del riu. El mosso va enroscar el tap ben enroscat i va respirar tranquil. Encabat, va continuar el viatge fins que va atrapar el seu amo.

L'endemà al matí, l'amo treia foc pels queixals:

–Què coi me'ls hi vas fer ahir, als minairons?

–Jo? No, no re... No el vaig pas obrir, el canut... –balbucejava el mosso.

–No ho neguis, que bé m'ho haig prou trobat aquesta nit. Els he trobat tots ben assuats.

–Perdoneu la meua tafaneria –va confessar el mosso–. No sabia què mana'ls, i al final, els vaig dir que traginessin rocs.

–Doncs, tu sí que has tornat a néixer, xicot. Si no els haguessis manat feina, t'haurien fet la pell allí mateix.

–Havia sentit explicar també –va continuar ma padrina– que quan aquest hereu del Tor es va morir, un dia que s'escunçava de trobar-se a la Borda d'Escaló, el seu cos va desaparèixer. Els manairons se'l van emportar vés a saber cap a quin carall de carnestoltes! A l'hora de l'enterrament, els familiars van ficar una soca al taüt.

–Molt bé, padrina. M'ha agradat molt. No en sabeu cap més?

–No, que encara et sembla poc? Per què les vols saber, aquestes orqueries de la gent d'abans? Quina una t'ha picat avui?

–He de fer un treball a estudi, padrina.

–Quines orqueries que us manen els mestres d'avui! Ara que, quan veus aquestos ninots tan ximplets que passen per la televisió! Allò sí, que són ruqueries sense cap ni peus. Parlant d'escola, com han anat les notes? No t'han pas *sorprès*?

Ella és la meua padrina de bateig, per això, de seguida vaig ensumar el caramel.

–No, padrina, ho he aprovat tot! –I li vaig fer un parell de petons–. Millor encara que aprovar: m'han posat un bé a totes les assignatures!!

–Me'n faig ben contenta, Bet. Ja t'has pensat què vols per Reis?

–Voldria una bicicleta.

–Que no en tens una?

–M'ha quedat petita, padrina! Els genolls em toquen al manillar i sembla que estigues asseguda al vàter fent caca. Voldria una bici de muntanya, amb tres plats i set pinyons. Me n'he mirat una a cal Cabirol, que és la que a mi m'agrada, però es bastant cara...

–Que et penses que no té prou diners, la teua padrina? Agafa-la i digues que ja passaré jo.

Me li vaig llançar al damunt i li vaig fer deu mil petons! Ella va dir que prou, que encara li desfaria els rul·los. La meua padrina és un sol, quan es mori ploraré vuit dies sense parar!

⬩◆⬩

L'ENDEMÀ ja tenia la bici nova, amb tres plats, set pinyons i canvi automàtic. Pocs dies després, l'estrenava per pujar a Bonarri, el poble d'on procedia el canut dels minairons del museu. Vaig deixar la carretera principal i em vaig desviar per una pista de terra que s'enfila costa amunt, fent marrades. Tot i ser al cor de l'hivern, feia un dia bonic, amb sol i sense un alè d'aire. En córrer, però, l'aire et tallava la respiració i et feia plorar els ulls. A les ombres dels pins i a les obagues, no s'hi fonia la rosada, semblava com si hagués nevat. Cada nit se n'hi posava una capa nova al damunt. M'agradava travessar pedalejant aquelles clapes brillants per comprovar els pneumàtics de la bici. Mirava de reüll cap endarrere i veia les roderes damunt la rosada. Imaginava que era el rastre d'una serp i que em perseguia carretera amunt. No vaig haver de baixar ni una sola vegada i, quan vaig arribar a Bonarri, encara em sobraven forces.

A l'entrada del poble, vaig trobar la canalla del Batlle, la Maria i el Bernat. Els conec perquè baixen cada matí a les escoles d'Esterri. Quan els vaig dir que pujava expressament per enraonar una estona amb son padrí, es van posar molt contents. Em van dir que encara no s'havia llevat i que mentrestant, si volia, m'ensenyarien el seu poble. En realitat, a Bonarri, de poble ja no li'n queda gran cosa. Tan sols casa seua, cal Batlle, s'aguanta dreta. La resta són parets caigudes, llosats ensorrats i malesa pertot arreu. Els nens m'anaven dient el nom de cada tarter de rocs, com si encara fossin cases: cal Pubill, ca la Rita, cal Poblador, cal Xollat...

–Mira, ca la Quelona –va dir més fluixet el Bernat, com si tingués per que algú el sentís–. Aquí hi va viure una bruixa molt dolenta...

–I molt famosa –va confirmar la Maria.

–Ja la conec –vaig fer–. És al Museu d'Esterri, a la Sala dels Mites.

Ja era prop del migdia quan vam anar a casa seua. La mare em va repetir que el vell havia passat una tardor molt dolenta, que últimament havia perdut molt i que ho barrejava tot amb la guerra. Total, que l'home no tocava quarts ni hores. Vam traure unes quantes cadires al sol de la galeria. A aquelles hores del dia, s'estava millor arrecerat a fora que dintre de casa. La dona em va portar un bol de llet i me'l va fer beure tant sí com no.

–Bon dia, padrí! Quants anys teniu? –li vaig preguntar per començar la conversa.

–Crida més, que és sord com una campana –va dir el Bernat.

Vaig repetir més fort la pregunta.

–En tinc un bon ramat –va dir ell–. Sóc del segle passat, jo, de l'any 1899. Tu mateix pots fer el compte, xiquet!

–És una nena, padrí, és amiga meua i es diu Bet! –va riure la Maria.

–Doncs, us conserveu molt bé –vaig dir per compliment.

–No digues mentides –es va enfadar el vell–. Que no ho veus, que ja no sóc bo per a re? Si no fos per aquestes cames que ja no em volen creure... De jove, n'havia sigut molt, jo, de caminador. Abans jo era...

–Abans era, era. Ara, ni paller ni era! –va recitar la dona des de la cuina.

El vell no la va sentir i va començar a explicar-nos les seues caminades de jove, quan feia el contraban. En una sola nit, deia, havia anat a França pel port de Cornella i havia tornat a Bonarri. I tot això, carregat com un ruc: tres arroves de llana d'anada i una roda de camió de tornada. A mi se'm feia difícil de creure que aquell vell encongit, bavós i arrugat hagués estat un dia un xicot jove, com és ara l'Iu. En aquell temps, m'imaginava que ma padrina i tots els padrins sempre havien estat com jo els coneixia. Com si ja haguessin nascut vells, arrugats i baldats...

–Expliqueu-me què feia el Xollat amb el canut dels minairons –vaig aprofitar un moment que estossegava.

Ell es va eixugar els llavis amb el mocador i encabat va riure, amb la boca ben esdentegada. Després es va posar trist.

–Prou que ho sabia, però no me'n recordo. No sé què hi tinc, al cap. Això de fer-se vell és el pitjor que et pot passar, nen.

–Vols que t'ho expliqui jo, tal com ell ens ho contava quan el cap li carburava bé? –va saltar el Bernat.

Tots hi vam estar d'acord. El xiquet enraonava a crits perquè son padrí el pogués sentir. El vell somreia, anava fent que sí amb el cap, amb els ulls humits com si anés a plorar. El Bernat va descabdellar, si fa no fa, la mateixa història que m'havia contat ma padrina. L'únic que, en comptes del Tor d'Alós, era el Xollat de Bonarri, l'amo del canut dels minairons. I el canut, en lloc de ser d'agulles, era de canya.

–El Xollat era molt forçut, un matalot d'home –va afegir el padrí–. Segava amb una dalla de tres metres i et podia enllestir un prat en la meitat del temps d'un altre dallador. Quan algú, per fotre-se-li'n, li preguntava si l'havien ajudat els minairons, ell feia: «Saps qui són els meus minairons? Bona dalla i bons daixons!»

Tots vam esclafir.

–Al final, però –va continuar el padrí–, no se'n va poder fotre. Es veu que un dia se li va obrir el canut mentre feia la migdiada i, com que no els va manar re, li van fer la pell. Pobre xicot, tan jove! Era de la meua telerada. Jo el vaig haver de colgar, aquí baix mateix a la carretera, on l'havien afusellat...

–No pare, us confoneu –va dir la dona, que de tant en tant treia el nas a l'eixida–. Confoneu el vell de qui conten això dels minairons amb el Xollat jove, que van matar per la guerra.

L'home es va girar cap a mi:

–Em sembla que de mi no en trauràs gran cosa. No em recordo de re. Se me n'ha anat tot d'aquí dintre. –I es va assenyalar el cap–. Com si n'hagués passat el foc.

–I tantes que en sabíeu, d'històries –es va lamentar la dona–. Aquesta canalla no s'haurien cansat mai d'escoltar-lo.

–Que vols que t'expliquem les facècies de la Quelona? Avui és Sant Silvestre, el Dia dels Nassos, i aquesta nit totes les bruixes del país s'apleguen al pla de Beret –va dir il·lusionada la Maria. I va començar la història.

El padrí anava fent que sí amb el cap tot confirmant cada malifeta de la bruixa. Tenia mitja rialla als llavis i els ulls molls, com si d'un moment a l'altre se'ls hagués de despenjar una llàgrima. Quan es va acabar el conte, em vaig aixecar de la cadira.

–És tard. He de tornar a casa...

La mare va saltar com una llagosta.

–I ara! De cap manera!

Va dir que d'això ni parlar-ne, que jo em quedava a dinar amb ells, que ja me'n tornaria encabat. Ho va dir tan convençuda –els nens la van aplaudir–, que no vaig gosar contradir-la.

–Doncs els hauria d'avisar. Que podria fer una trucada a casa? –Ho vaig dir tan tranquil·la. Jo em pensava que això del telèfon era una cosa que tothom en tenia, com la tele o el vàter. Sense voler, m'acabava de ficar de potes a la galleda.

–No en tenim, de telèfon –es lamentà la Maria.

–Això és un racó de món, nena –es va enfadar la mare–. Ja ho veus, sols aquí dalt, i si et passa una desgràcia, no pots ni avisar el metge!

–Quina mala sort! –protestava el Bernat.

Em sabia greu perquè, per la meua culpa, la mare s'havia enfadat i els nens s'havien posat tristos. Però jo, sense trucar a casa, no em podia quedar. Si no tornava a l'hora de dinar, ma mare estaria en maldecap. Estic segura que el pare engegaria el jeep i es presentaria a Bonarri a buscar-me. Vaig fer un petó al padrí.

–Adéu, padrí! Gràcies per tot. Conserveu-vos i que comenceu un bon any!

–Igualment, nen –va dir ell–. Déu vulgui que

no tinguem guerra, que enguany ens n'hem fet un bon tip!

–Quina mania amb la guerra! –va rondinar la dona. I em va ficar una llonganissa i una bossa de carreretes a la motxilla. Abans d'anar-me'n, em van fer prometre que hi tornaria un altre dia.

Em vaig cargolar la bufanda a les orelles i a la boca, em vaig posar els guants i avall, que fa baixada! Vaig baixar com el pet del llamp. Aquella bici era una meravella. Hi havia, però, una cosa que em feia més il·lusió de tenir: el canut dels minairons. L'havia de pispar del museu al preu que fos.

3

ROBAR EL CANUT dels minairons? Aviat està dit, això! És clar que només es tractava d'un canutot descolorit, que l'any de la Mariacastanya havia estat de color vermell. Si l'haguéssiu vist en una botiga d'antiquari, no n'hauríeu donat un ral. Un cop, però, dins de la vitrina del museu, es carregava de valor. Les foteses més insignificants adquireixen un gran valor si les porteu al museu, o bé en una sala d'exposicions. Si no us ho creieu, ho podeu prou comprovar. Agafeu un cassigall de roba i emmarqueu-lo, o bé un espardenyot, com més vell i romput millor, i poseu-lo damunt d'un pedestal. Encabat, ho col·loqueu en una sala d'art modern, enmig de les altres peces exposades. Us fareu creus del fotimer de badocs que les contemplaran, i del valor artístic que hi trobaran els entesos! Dins del museu, fins i tot les escombraries es converteixen en una obra d'art. Una vegada, la meua tieta de Barcelona va anar a veure una exposició d'escultures modernes. En un racó de la sala hi havia una pila de llaunes de cervesa mig aixafades. Ella, que és molt neta i endreçada, va començar a collir les llaunes de terra i a llençarles a la paperera. El vigilant li va fumbre una bronca de ca l'ample. Sort que anava amb el tiet, que si no, el guarda ja la volia portar a la comissaria, acusada de destrossar una obra d'art.

Deixem-ho córrer. Al cap i a la fi, això de l'art modern no té gran cosa a veure amb el canut dels minairons. M'imagino que, si volguéssiu robar un museu, primer de tot pensaríeu en alarmes, en mesures de seguretat i tota la pesca. Doncs ja us ho podeu traure del cap! Aquests sistemes d'alarma tan sofisticats són propis dels museus que guarden tresors o quadres de pintors famosos. Els museus d'etnologia són poc importants per a aquesta mena d'instal·lacions, que, com podeu suposar, costen un ull de la cara. Per altra banda, tampoc no les necessiten. Suposem, per exemple, una reu de fusta corcada i més vella que l'anar a peu: a quin lladre pot fer dentetes? És clar que la podria vendre a un camacu per exposar-la a la llar de foc del seu xalet, però abans li hauria de pintar la rella de color negre i envernissar tota la fusta com un moble. Per quatre xavos, no paga la pena de jugar-se la pell! A part, doncs, del vigilant de l'entrada, al museu no hi havia cap més control especial.

Hi vaig tornar, encara, abans de donar el cop. No em va saber greu de llençar dues-centes peles, sabia que l'entrada era a canvi d'un tresor. El vigilant m'espiava, no em treia els ulls de sobre. La seua fastigosa mirada em feia pessigolles al clatell. Per despistar-lo, feia veure que llegia tots els cartells i ficava el nas a totes les vitrines. A totes, excepte a la dels minairons. Me'n moria de ganes, però em vaig aguantar, no fos cas que el vigilant s'ensumés els meus plans. En realitat, observava de cua d'ull les finestres i els balcons. Em volia fer ben capaç de totes les sortides.

A aquelles hores del vespre, el museu era un bullici de forasters. En baixar de les pistes d'esquí, s'havien atipat com uns lladres als restaurants de la carretera i encabat, com que ja era fosc i no sabien on anar, s'arribaven xino-xano fins al museu. «La cultura tradicional és una de les activitats postesquí de les nostres valls», aconsellen els fulletons turístics. No crec que ho facin per cap interès cultural. Estic segura que la majoria vénen a passar la tarda al museu –amb la calefacció s'hi està calent com un all– perquè no saben on anar. A més a més, això de veure les misèries dels pirinencs d'abans de la guerra ajuda a fer la digestió.

De tant en tant, m'embadocava amb la gent. Sempre m'ha agradat d'espiar les persones quan miren alguna cosa. Ho trobo tan divertit, que no me'n sé estar. Un nen rosset mirava una fotografia en blanc i negre on hi havia un grupet de persones grans i una criatura de set o vuit anys caminant per la neu. En un costat s'explicava que era el port de Salau a principis de segle i que aquella gent anava a França per treballar a les vinyes. Començava l'hivern i, si es quedaven al poble, es moririen de gana... Llavors vaig pensar que la nena de la foto –o potser era un nen– podria ser la padrina del nen ros de fora de la foto. I els vaig comparar. La nena-padrina, mig descalça i vestida de parracs, es pelava de fred damunt la neu, mentre que, vuitanta anys més tard, el seu nét, el nen ros, amb els esquís i un bon anorac, xisclava de gust rel·liscant per la pista. El nen ros menjava totes les llaminadures que volia, mentre que la nena de la foto...

–Anem a tancar! –va bramar el vigilant al meu darrere. Ho deia especialment per mi, n'estic segura.

Amb les cabòries, m'havia passat el temps sense adonar-me'n. Vaig sortir del museu amb una idea clara de tot el meu pla. Per dur-lo a terme, necessitava un còmplice, algú que estigués disposat a ajudar-me, sense gaires preguntes. Aquest només podia ser l'Iu, la seua amistat m'anava com l'anell al dit.

⬩◆⬩

L'IU té setze anys i fa segon de BUP. Ja us he dit abans que és alt com un sant Pau: fa exactament un metre i vuitanta-set centímetres d'alçada. Quina passada, oi? A l'escola, quan sortim al pati, el veus d'una hora lluny. Mires amunt i sempre veus el seu cap allà dalt, com una broma. Com un nuvolet blanc, d'aquests que a la primavera travessen el cel sense dir re. Li diem Meteosat i no ens cansem de preguntar-li, per fer riure: «Quin temps fa per aquí dalt, Meteosat?» I ell, que no té cap complex de ser tan pallargues, somriu i no s'enfada mai. Allò que el rebenta, però, és la llargada dels peus. Calça un quaranta-vuit. Si jo tingués els seus peus, podria dormir dreta. Ja és una bona desgràcia, ja, això de no poder-te comprar sabates perquè a cap botiga no tenen el teu número! Ni poder practicar l'esport que et passi pels nassos. Per als peus de l'Iu, no hi ha botes d'esquí, ni cletes per anar d'excursió a la muntanya, ni sandàlies per banyar-se al riu... Sempre ha d'anar amb Keds. Se'ls ha de comprar en una botiga especial de Barcelona que se'ls fan enviar dels Estats Units. No cal que us ho digui: li encanta el bàsquet.

Aquell vespre sabia que el trobaria al poliesportiu. Cada tarda s'hi passa hores i hores entrenant-se. Quan vaig entrar, va fer veure que no em veia i va començar a fer cistelles. Son germà xic, el Boi, li atansava les pilotes. Després de fer una cistella de tres punts, es va acostar cap a mi. Caminava com sempre, de forma desmanegada amb els braços pengim-penjam.

–Me'n vaig a Barcelona, Bet! M'han acceptat al Barça –va dir, il·lusionat.

No em va fer gens de gràcia, la notícia.

–Te'n vas? Ara que jo et necessitava...

–A mi també em fa una mica de cosa, no et pensis... Però pujaré de tant en tant... A més, et puc telefonar...

–Quin dia te'n vas?

–Demà passat no l'altre. El dia de Reis –va dir des d'allà dalt.

El vaig estirar pel braç i ens vam asseure a terra, recolzats d'esquena a les grades. Ara ja el tenia més a prop.

–Que em podries fer un favor?

–Els que tu vulguis, Bet.

–Promet-me que no em preguntaràs re...

No s'ho va pensar gaire:

–T'ho prometo!

–Mira, Iu, escolta'm bé. La vetlla de Reis a tres quarts de vuit del vespre has de telefonar al museu. Et sortirà el Quim, el vigilant. Li dius que truques dels bombers, que t'ha semblat veure com una resplendor de foc a la llucana del llosat. Que segurament no és re, però que ho hauria de pujar a comprovar. –Mentre parlava, em fixava en les seues cames: doblegades pels genolls, semblaven les muntanyes de darrere Esterri. El genoll dret era com la cresta del Teso.

–Últimament estàs molt estranya, Bet...

–No és per re, Iu! –vaig mentir–. He de fer un treball del museu i no estic disposada a pagar les dues-centes peles de l'entrada. Només em vull colar, no ho entens?

—Entesos, faré el que em demanes. Jo també et volia demanar una cosa... Pel mateix vespre, després de la Cavalcada, he organitzat una festa de comiat, suposo que puc comptar amb tu.

—És clar que vindré, Iu.

Com que ja no teníem re més per dir-nos, es va posar dret i em demanà que em quedés a l'entrenament. Vaig dir que no podia, que havia de tornar a casa, per fer companyia al negre.

—Ah, és clar, teniu un negre a casa...

Abans de separar-nos vam sincronitzar els rellotges.

—Recorda que has de trucar a tres quarts de vuit clavats. A les set i quaranta-cinc minuts, en punt! —li vaig recordar—. Ah, me'n descuidava!: al cap de cinc minuts tornes a telefonar i dius al vigilant que no s'alarmi. Que aquella llum no és foc, sinó... No sé... L'estrella dels Reis, per exemple! O qualsevol altra falòrnia que et passi pel cap.

Em vaig fiar de la paraula de l'Iu. Hauria posat les mans al foc que faria tot el que li havia fet prometre. Per paga, em vaig quedar una mica a les grades i aplaudia les seues cistelles de tres punts.

◆

SÍ, ja m'ho imagino: esteu una mica intrigats per això del negre. Doncs, és ben senzill d'explicar. Resulta que ma mare és una de les principals organitzadores de la Cavalcada de Reis. Fa temps que ho remenava per casa, fins que un dia ho deixà anar en una reunió: «Hauríem de portar a Esterri un Rei Negre de debò. La canalla d'avui són més vius que la tinya i d'una hora lluny s'ensumen que el Baltasar és un blanc embetumat...» Als organitzadors els va semblar una idea genial i van nomenar una comissió encarregada de trobar el negre i portar-lo al poble. Van sortir tres voluntaris: la farmacèutica, que s'apunta a totes; mossèn Pere, que de jove va estar a les missions i xampurreja algunes llengües salvatges, i, naturalment, ma mare.

Van baixar a Lleida, on, segons diuen, d'africans n'hi ha per triar i remenar. A l'estiu es lloguen als pagesos de l'horta per collir la fruita. A l'hivern es tanquen a casa perquè la seua pell no està acostumada a la boira ni al rigor dels nostres hiverns. Els de la comissió van anar per feina: van localitzar de seguida un pis vell de Lleida, on malvivien set o vuit xicots esperant el bon temps. Els van fer una prova de lectura i aquella mateixa nit es presentaven a Esterri amb el Sayk.

Com que a casa ens sobra una habitació, la mare va dir que no calia que anés a l'hotel, que es podia quedar amb nosaltres. Es deia Sayk i de seguida ens vam fer amics: era un noi genial. Xampurrejava una mica l'espanyol, però ens enteníem en anglès i així jo practicava. De tant en tant, li feia llegir el discurs d'arribada al poble que la comissió havia redactat. No em va caldre insistir gaire: al cap de dues o tres vegades refilava el text com un locutor de telenotícies. «Sembles un catalanet pintat», exclamava tota satisfeta la mare. Com que estan acostumats a ballar-la magra, aquests xiquets són vius com una centella. Més desperts que nosaltres, que, com diu la padrina, ens han criat amb tots els gustos.

La mare no volia que sortís de casa, no fos cas que algun nen el veiés pel poble abans de la Cavalcada. Perquè no es fumés de fàstic a casa, ma mare ens va acompanyar amb el cotxe al port de la Bonaigua. El Sayk, que no havia vist mai la neu sinó per televisió, no se'n sabia avenir, que fos tan blanca i brillant. Aquell hivern encara no havia nevat gaire. Quan vam saltar del cotxe, el Sayk va córrer cap a una congesta que hi havia prop de la carretera. Al principi, li feia por de tocar-la, la neu: hi acostava la mà a poc a poquet, com si fos una bèstia de la selva que el volgués mossegar. I la mare i jo, vinga riure des de dins el cotxe. Poc després, corria cap a nosaltres, amb una almosta plena de neu, com si ens oferís un gran present. Quan li vam dir que tota aquella neu es desfaria en aigua en poca estona, no s'ho va creure. Com que rèiem com dues beneites, ell es pensava que li preníem el pèl; que el volíem fer beure amb una orella de ruc, vaja. Ens en vam tornar cap a casa amb una bossa de plàstic plena de neu. Durant tot el viatge, el Sayk va tenir els ulls clavats en el tresor que duia a la bossa. I així que la neu, amb l'escalforeta de la calefacció del cotxe, es començava a aigualir, el blanc dels seus ulls s'anava fent més gran.

A casa meua, el Sayk s'ho passava la mar de bé. Massa bé i tot. Al·lucinava tant, que estava una mica espantat. De fet, és fàcil d'entendre la seua situació. A nosaltres ens passaria, si fa no fa, el mateix. Poseu-vos per un moment al seu lloc i imagineu-vos que aquí, al vostre país, us moriu de fam i que un dia decidiu d'anar a buscar feina a l'Àfrica. Un cop allà baix, passeu tota mena de misèries, fins que un matí, us vénen a visitar tres negres d'una tribu que viu a les muntanyes. Després de fer-vos llegir uns paperots, us separen dels vostres amics i amigues, us compren roba i regals i us fan rei de la seua canalla. Estaríeu gaire tranquils? Per més que una xiqueta negra us distragués, qui no es malfiaria de les veritables intencions d'aquella estranya tribu? No us sembla que dormiríeu amb un ull obert, encara que us oferissin un llit de roses?

Per fi va arribar el vespre de la vigília de Reis. M'havia quedat sola a casa, que era el que jo volia. El pare tenia torn de nit a la Central, la mare i el Sayk se n'havien anat en un xalet dels afores on es preparava la Cavalcada. A un quart de vuit vaig sortir de casa: ja no m'aguantava de nervis. Per les voreres del carrer Major, ja s'hi començaven a afilerar els més neguitosos. Feia un fred que tallava l'alè. A les criatures només se'ls podien veure els ulls, entre la bufanda i la gorreta. Uns ullets que, amb la lluminària de les bombetes de Nadal, brillaven de neguit i d'il·lusió. Em vaig esquitllar pel carrer del Camp, un carreró fosc i estret, que passa pel davant del museu. El cor m'anava a dos-cents per hora. Me'l sentia pataquejar sota la samarreta, com una perdiu engabiada que donés cops de bec al filat.

Després de donar uns quants tombs per fer temps, em vaig aturar a la cantonada del carrer d'Arnau, des d'on podia espiar la porta d'entrada al museu. A tres quarts de vuit en punt em vaig atansar xino-xano cap a la porta. En aquell moment va sortir un grupet de tres o quatre turistes. «Tant de bo que siguin els últims!», vaig desitjar. Un cop vaig ser a la porta, em vaig esperar un moment. Llavors vaig sentir que dintre sonava el timbre del telèfon. Vaig mirar el rellotge: eren tres quarts i quinze segons. L'Iu havia estat puntual. Tal com esperava, el vigilant va penjar el telèfon i va córrer escales amunt. Llavors jo vaig aprofitar per colar-me, sense fer soroll, i em vaig ficar dintre de la caixa de núvia de l'alcova. Aquells catorze minuts que faltaven per tancar el museu, se'm farien eterns. Les passes del vigilant, que feien cruixir el terra de fusta, van baixar del pis de dalt i es van atansar cap a la meua caixa. «I si m'ha sentit entrar i comença a escorcollar-ho tot?», pensava. L'home no es podia estar quiet, anava d'un cantó a l'altre de la sala amb un trepig nerviós. Al cap d'una mica, el telèfon va trucar de nou:

–Sí, digueu –va fer el vigilant.

–...

–Estava ben amoïnat! Un altre dia, abans d'alarmar la gent, us n'assegureu! D'acord? –I va penjar el telèfon.

Vaig respirar una mica més tranquil·la. Gràcies a l'Iu, el meu pla es complia al peu de la lletra.

A les vuit, quan vaig sentir el cop de porta i el ric-rac de la clau, vaig traure el nas per la tapa del caixabanc. La sala era fosca com el Forat de la Guineu. Ja fora de l'amagatall, vaig encendre la llanterna i em vaig enfilar escales amunt. Tot i caminar a peu de gat, la fusta dels esglaons cruixia com una mala cosa sota els meus peus. Un cop a la vitrina dels minairons, tot va ser bufar i fer ampolles: només em va caldre desenroscar amb el tornavís uns quants visos per agafar el canut. Vaig trobar estrany que no pesés gaire, com un bolígraf barat, si fa no fa. Havia imaginat que amb tants milers de minairons a dintre, pesaria com un mort.

En obrir a poquet a poquet el balcó, em vaig trobar de cop amb la nit freda de fora i amb la música que venia del carrer Major. En aquell moment arribaven els Reis Mags al poble. Havia començat a nevar, queien unes volves grosses com papallones. Des de la barana, em vaig enganxar a la paret per desgrimpar cap al carrer. La paret era de pedra vista i doncs, sortien bons agafadors. Un cop al carrer, em vaig esmunyir cap als horts de les últimes cases. Arraulida al peu d'una paredota, em vaig traure el canut de la butxaca i vaig començar a desenroscar el tap. El cor m'anava com una llançadora. Estava segura que d'un moment a l'altre passaria una cosa extraordinària.

A l'última volta de la rosca, vaig sentir a la mà la pressió del tap. Si no l'hagués aguantat fort, hauria sortit disparat com quan el pare obria una ampolla de xampany. En retirar el tap, va sortir un raig de guspires de foc. Immediatament, l'eixam d'espurnes es va arremolinar a l'entorn del meu cap com una palla boja:

–Què farem, què direm? Què farem, què direm? –brunzien cada vegada amb més desfici. Era un brogit prim, com el cant de milers de grills.

No vaig pas perdre l'oremus. Com si fos la cosa més natural del món, els vaig manar:

–Aneu al museu i tanqueu per dins el balcó del primer pis.

Van desaparèixer entre els borrallons de neu com un coet de festa major.

Al cap de dos segons, ja em tornaven a donar voltes al cap, botzinant com un eixam d'abelles:

–Què farem, què direm?

–Ara, fiqueu-vos dintre del canut!

Van colar pel forat com si se'ls xuclés una aspiradora de mil vats de potència. Aleshores vaig enroscar el tap i vaig respirar tranquil·la.

En tombar la cantonada, vaig fer supo-supo amb el Ton del Cardaire seguit del Trisqui, el seu gos d'atura.

–Què, Ton? Sembla que els Reis ens han portat la neu! –vaig saludar per dir alguna cosa.

–Cason la neu! –va maleir. I remugà–: Així nevés fins que les gallines piquessin els estels!

Casa l'Iu semblava el mercat de Calaf. Havia convidat a la festa tots els ganàpies de BUP, i el casset i la beguda anaven de bòlit. Primer de tot, li vaig agrair el seu ajut:

–Gràcies, Iu! Tot ha anat molt bé. –I li vaig fer dos petons.

Es va tornar de tots els colors. Mentre em servia un got de coca-cola, em va dir que els seus pares se n'havien anat a sopar a fora perquè es muntés la festa al seu gust. Podíem, doncs, estar tranquils, que fins a les dotze de la nit no vindrien a emprenyar-nos. Al cap d'una mica, va arribar el Sayk, acompanyat dels cosins de l'Iu que havien fet de patges a la Cavalcada. Un dels cosins es va traure de sota l'anorac dues ampolles de ginebra:

–Vinga, canalla, la misèria s'ha acabat! A beure tothom! –I es va posar a servir cubates.

De bona gana me n'hauria begut un per alegrar-me una mica. Però era perillós: amb el canut dels minairons a la butxaca, m'havia de controlar. La majoria de xiquets portaven una gatera tan bestial, que no es podien estar quiets ni un segon. Saltaven, bevien, cridaven més fort que la música i feien el bèstia sense parar. Només el Sayk, al centre del menjador, es movia al ritme de la música. En un determinat moment, el públic li va exigir a crits unes paraules.

–Que parli el rei! Que parli el rei!

Ell, sense perdre el ritme, se'n va pujar de peus a la taula, es va traure un paper de la butxaca i començà a llegir:

–Estimats nens i nenes d'Esterri! Us parla el vostre rei Baltasar, que ha vingut de les llunyanes terres de l'Orient...

Va llegir de cap a cap tot el discurs. Es va allargar una bona estona perquè era interromput, a cada frase, per fervorosos aplaudiments. Quan va acabar, el públic encara no estava satisfet del tot:

–Que parli sense paper! Que parli sense paper!

El Sayk es va empassar d'un glop mig cubata. Se'n pujà de nou damunt la taula i, amb una barreja d'anglès i català, va xampurrejar:

–Estimats nens i nenes! Sense un paper a la mà no sé què dir-vos. Per ser el vostre rei, només cal saber llegir!

I tots vinga bramar fins a esgargamellar-nos:

–Visca el nostre rei Baltasar!!

Poc abans de les dotze, vaig dir que a mi se m'havia acabat el permís i que me n'havia de tornar a casa. L'Iu no s'ho va prendre gaire bé, que en plena marxa abandonés la festa. Sabia que els enganyava, que si volia, els meus pares em deixaven quedar fins a les talúries.

–Adéu, Iu! Que et vagi bé per Barcelona! –Li hauria fet dos petons, però ell no s'abaixà: el seu cap va continuar allà dalt, sota les bigues del sostre, movent-se al ritme de la música.

Al Sayk no li vaig dir re, ja que encara ens havíem de veure l'endemà al matí. Aquella nit es quedava a dormir a casa de l'Iu, perquè a casa meua no hi cabia. La padrina no es trobava gaire catòlica i la mare no havia volgut que es quedés sola.

4

JA NO NEVAVA. Al carrer Major hi havia dos dits de neu bruta, trepitjada per pneumàtics i per soles de sabata. En passar per davant de la porta de l'església, van tocar les dotze al rellotge del campanar. Si les batallades haguessin estat pilotes de goma, m'haurien rebotat a la coroneta. Em va venir al cap el conte de la Ventafocs, la princesa que abandona a corre-cuita el palau de la festa quan toquen les dotze de la nit. En certa manera, jo també m'escapava d'una festa, deixant al ball, no un, sinó dos prínceps palplantats, els quals –n'estic segura– es fonien per ballar amb mi. Instintivament em vaig mirar els peus, no fos cas que hagués perdut la sabata. No em calia tenir por, caminava per la neu amb els Keds ben cordats.

A casa, no se sentia xerric ni merlic. La padrina ja devia fer estona que s'havia cotxat. Ma mare era a celebrar l'èxit de la Cavalcada, organitzada enguany amb un rei negre de debò. El pare feia el torn de nit aquella setmana, i la padrina, tal com jo suposava, ja se n'havia anat a dormir. Abans de tancar els porticons vaig donar un cop d'ull al carrer. La cistella, encara buida, al balcó del davant de casa, em féu recordar que era la nit de Reis. Els bessonets de cal Ticatac deuen dormir amb un ull obert, vaig pensar. Me'ls vaig imaginar desperts al seu llitet, escoltant amb totes les orelles el trepig dels cavalls damunt la neu. Aquella nit, jo tampoc no dormiria gaire. No tenia gens de son.

Un cop despullada, vaig apagar el llum i em vaig ficar al llit. Recolzada d'esquena al coixí, que havia dreçat damunt del capçal com quan estic malalta i la mare em porta el dinar al llit, vaig obrir el canut.

–Què farem, què direm? Què farem, què direm?

Em va semblar que n'hi havia molts més que abans. Potser perquè era un lloc tancat i silenciós i doncs, el seu rondineig ressonava més fort. A més a més, pel fet d'estar a les fosques, la llum que desprenien semblava encara més intensa. Tan resplendent, que podia veure ben bé tots els pòsters de l'habitació. No sé com descriure-us els minairons. Era com si milers de cuques de llum volessin a una velocitat vertiginosa formant un cercle de foc a l'entorn del meu llit.

–Què farem, què direm?

–Em dic Bet Mas i Puig –vaig tallar–. Sóc la

vostra mestressa i vull que m'expliqueu històries.

Dos segons de silenci, i de nou la bonior:

–Què vols que et diguem, Bet? Què vols que et diguem, Bet?

–Tots alhora no, que m'atabaleu! –Imitava la veu de la mestra de mates, que és l'única que ens sap fer callar–. Vull que enraoni un de sol, en nom de tot el canut!

–Qui ha de parlar? Qui ha de parlar? –preguntaven com si cantessin la taula de multiplicar.

–Doncs, el director, el president, el vostre cap, vaja! O com es digui.

Van callar en sec. Al cap de no re, una veu prima i rogallosa va remugar tímidament.

–Jo sóc el Cap. Què vols que t'expliqui?

El cercle de llum continuava com abans, de manera que no podia distingir el que enraonava. La seua veueta sobresortia per damunt de la brunzidera que feien tots en donar voltes al llit.

–Què vols que t'expliqui?

–Ho vull saber tot sobre vosaltres. Quants sou a dins del canut? Com esteu organitzats? Per quina mena de lleis us regiu? Vull que m'ho expliquis tot, fil per randa!

–Sisplau, Bet, vés a poc a poc. Tantes preguntes alhora, no te les puc contestar.

Volia córrer massa, és cert, el Cap tenia tota la raó. Aquesta fou precisament una de les normes que vaig aprendre primer: amb els minairons s'ha d'anar pas a pas, pregunta per pregunta, igual com en els programes d'ordinador. Si els fas massa preguntes alhora, es veu que se'ls atartera la feina i es destaroten. Llavors, no saben el que es pesquen: igual et poden sortir amb un ciri trencat, com engegar-te a pastar fang.

Per no allargar-me massa, us resumeixo la informació que vaig traure del Cap. Segons ell, el nombre de minairons passa de dos mil, però no arriba als tres mil.

–La quantitat exacta –em va dir–, és molt difícil de determinar, ja que hi ha minairons que tenen el nom repetit. Per exemple, n'hi ha uns quants més que també es diuen Cap, com jo. Sempre que els compto em faig un embolic.

Quant a l'organització interna, la veritat és que tampoc no en vaig poder traure l'aigua tan clara com volia. Dins del canut, els minairons no tenen amo. A diferència del món de les persones, no hi ha jerarquies de poder, ni uns que manin i uns altres que obeeixin. Allí dintre tots són iguals. S'agrupen, això sí, en tribus o clans. En recordo alguns: els Serfs, els Noms, els Claus, els Verbs, les Veus... De tant en tant, el Cap citava de passada el nom d'altres minairons: la Llei, el Vell, el Coll, la Mà... Aviat em vaig adonar que tots tenien un nom curt, una paraula d'una sola síl·laba.

–Tots teniu per nom un monosíl·lab, oi?

–Justa la fusta!

–Per què?

–Nosaltres som pràctics, anem per feina. T'imagines la quantitat de temps, d'esforç i de saliva que ens estalviem, dient-nos així? No cal que t'ho expliqui, les persones feu igual: ta mare et diu Bet, no pas Elisabet.

–Així que sou prop de tres mil i tots teniu un nom diferent... –rumiava en veu alta.

–Afirmatiu.

–Tants monosíl·labs hi ha, al diccionari?

–Bé hi deuen ser...

Acabava de tenir una intuïció: aquell coi de canut, no podria ser una mena de pot on hi hagués tots els monosíl·labs de la llengua? Li ho vaig preguntar sense embuts:

–El canut és en realitat una mena de diccionari que conté tots els monosíl·labs catalans, oi?

–Això no ho sé. No se sap...

No li podia permetre una resposta així:

–Com que no ho saps! I ara! M'has de contestar, Cap! Sóc la teva mestressa i t'exigeixo una resposta!

–Doncs no ho sé, Bet! –va xisclar. I començà a desbarrar–: Ho saps, tu, com és el món on vius? D'on ve? Cap a on va? Es va fer sol o el va fer Déu? I tu, qui ets? Un tros de carn o un glop de vent? Dis, cap de ruc! Qui diu que tot ho sap, tan sols té vent al cap! Com que no tinc son, a les cinc tinc fam...

–Bé, d'acord, deixem-ho córrer. Tranquil·litza't, Cap –el vaig assossegar.

La veritat és que ja estava farta de sentir rondinar aquell espinguet de veu. Em moria de ganes de fer-la petar amb altres minairons.

–Voldria conèixer les normes amb què us regiu quan esteu sota les ordres d'una persona. Suposo que això sí, que ho puc saber.

–Hauràs de parlar amb la Llei. I jo, què més t'he de dir? Què més t'he de dir?

–Ara calla i que parli la Llei. –El tractava a baqueta. S'ho mereixia per insolent.

La Llei tenia una veu fosca i llunyana, com si un ventríloc us parlés per telèfon des de l'altre cap de món. Per això, sovint li havia de fer repetir les respostes. Després d'un llarg interrogatori, em va cantar, una per una, les regles que governen la relació dels minairons amb la persona que els posseeix. Les normes fonamentals són deu i constitueixen els deu manaments dels minairons. Per a mi, això era bàsic de saber, ja que el desconeixement de les normes del joc em podia costar la pell. Vaig memoritzar el codi i l'endemà me'l vaig apuntar. Diu així:

DECÀLEG DEL MINAIRÓ

U: no tinc altre Déu fora de tu.
Dos: t'obeiré com a l'amo el bon gos.
Tres: faig la feina en un tres i no res.
Quatre: no surto del cau si hi ha algú altre.
Cinc: si em fas xerrar, m'entretinc.
Sis: passada a passada, teixeixo el tapís.

Set: no em veuràs mai perquè no paro quiet.
Vuit: adéu per sempre si tens un descuit.
Nou: després de tu em buscaré un amo nou.
Deu: si no em manes feina, ets peça de museu.

Heu entès totes les normes? Suposo que no cal que us comenti les tres primeres, són prou evidents. La quarta vol dir que els minairons només poden actuar quan l'amo es troba sol, sense ningú més al costat. Si, per exemple, obríssiu el canut enmig del mercat, ells no sortirien del cau, és a dir, del canut. Quant a la cinquena, significa que si en lloc d'enllestir una feina, els manes que enraonin, no ho poden fer en un tres i no res. Cada paraula, cada frase necessiten un temps determinat. De la següent, la que fa sis, ja n'he parlat més amunt. Cal anar pas a pas: una ordre per a cada feina, una pregunta per a cada informació. La setena també és prou clara: no podem saber com són perquè sempre els veiem en moviment. De la vuit i la nou, no en vaig poder traure el trellat fins al proper capítol. Ja us les explicaré llavors, que les entendreu millor. Finalment, la darrera és la més important. A mi, com a mestressa i senyora del canut, em recordava que estava jugant amb foc i que, si em descuidava de manar-los feina, em convertien en «peça de museu», que és una manera suau de dir que m'escanyarien. Com veureu després, per més que paris compte, a la curta o a la llarga, la desgràcia és inevitable.

Abans de fer callar la Llei, li vaig dir que volia enraonar amb el Vós. Ni ella ni el Cap no me n'havien parlat, d'aquest minairó; així i tot, sospitava que existia.

—El Vós? —es va estranyar la Llei—. Està molt fotut, no crec pas que se'n surti.

—Però bé deu ser aquí amb vosaltres?

—No t'ho creguis pas. Ja no es mou del canut.

—Què vols dir, que també hi ha minairons malalts?

—Més d'un i més de deu!

—I com és? Vull dir, quina malaltia tenen?

—El repòs és el nostre pitjor mal. Nosaltres necessitem moure'ns, actuar, xerrar. La feina és el nostre aliment; les paraules, la nostra beguda. Si durant uns anys, cap amo no es recorda d'un determinat minairó, desgraciat d'ell, que ja ha begut oli. Es va morint d'inanició i ja no té ni esma de sortir del canut.

En aquell moment van trucar a la porta de la meua habitació. A corre-cuita vaig tancar els minairons al canut i em vaig fer l'adormida.

—Bet, que estàs desperta? Obre'm, sóc jo.

Era la padrina. Venia a explicar-me que no havia pogut tastar el dormir en tota la nit i que ja no s'aguantava de nervis. Se'm va asseure a l'espona del llit.

—Em passa sobretot quan canvio de llit. M'ha semblat que sentia enraonar. Que somiaves, potser?

–Doncs... Sí, padrina. Somiava que tenia el canut dels minairons i que els havia de manar feina. –Ella va riure una mica tot ensenyant-me unes genives devastades. Sense la dentadura postissa semblava molt més vella–. Us trobeu millor?

–El mal de panxa se me n'ha anat. Si no fos pels nervis...

–Preneu-vos una pastilla, com fa la mare de vegades, i dormireu com un soc.

–No xiqueta, no, que les pastilles *androguen*.

–Doncs mireu de relaxar-vos. Distraieu-vos comptant ovelles.

–Sóc una carallot. L'única cosa que faig és comptar morts.

Em va confessar que quan es desvetllava i no hi havia manera de tornar-se a adormir, es posava a comptar aquelles persones d'Esterri que ella havia conegut i que ja eren a l'altre barri. Començava per la primera casa dels sòls del poble: la Rosa i el Jaume de cal Palí, dos; el Joan, la pobra Bepa i el Cinto del Tavella, cinc... I així fins a casa Carrera, l'última dels caps del poble. Havia conegut més gent morta que els que vivien actualment! Amb tot això, l'únic que aconseguia era de desvetllar-se encara més, ja que els morts li feien recordar de la fam que havia passat quan era xica, i de les misèries de la guerra, quan al padrí, que Déu l'hagi perdonat, els militars el feien anar a comboi i... Em va venir al cap una pregunta:

–Padrina, us sap greu que us tracti de vós?

–No. Per què ho dius?

–No ho sé... Potser perquè només us ho dic a vos, padrina. Als pares els dic de tu... A l'escola, a la televisió, a les entrevistes dels diaris, només hi ha tus i vostès.

–Això dels tractaments ha canviat molt. Com tot. Qui ens ho havia de dir, als vells de la meua fornada, que el món hagués de fer aquest canvi? Recordo que de xicarrina, una de les primeres coses que em va ensenyar el meu pare, al cel sigui, fou la de saber tractar la gent. M'ho deia en forma de refrany perquè no se me n'anés del cap. Apunta-te'l perquè no el trobaràs a cap llibre. Feia així:

De tu has de tractar els amics,
Gos i bèsties del corral
i tots els que són més xics.
Padrins i pares, de vós,
també Déu i els sants del cel
i els qui et siguin superiors.
A ningú digues vostè,
sino al duc i al foraster.

–Qui és el duc, padrina?

–El duc de *Celis*. Es veu que en temps dels moros era l'amo de tot aquest país.

–Ah, és clar, el duc de Medinaceli!

La senyoreta de socials ens havia explicat que, no sé en quin segle, aquesta casa senyorial espanyola s'havia apropiat de més de la meitat de les terres de Catalunya.

–Ja ho veus, Bet: el vós té un peu a la fossa. Quan ens morim aquesta telerada de vells, bona nit caragols!

–I a vós us sap greu, oi?

–No ho puc evitar. Amb tants tus i vostès, a vegades em fa l'efecte que vivim rodejats de bèsties i de ducs forasters. Jo penso que el jovent també podríeu ser moderns sense deixar acabar de morir el vós. Com ho fan els francesos.

–Jo crec el mateix que vós, padrina.

I li vaig fer un lloc al costat del llit, perquè començava a aclucar els ulls.

5

—VINGA, BET! Aixeca't d'una vegada, que ja és gran dia! —La mare havia obert els porticons i una llum encegadora no em deixava obrir els ulls. Quin malson! Somiava que el vigilant del museu em perseguia per prendre'm el canut. Em perseguia costa amunt, pel Solà dels Escobès, amb la neu fins als genolls. Quan ja gairebé m'havia atrapat, sortia el sol i m'enlluernava.

—Quina hora és, mare?

—Dos quarts d'una.

No em va donar la notícia fins que vaig entrar a la cuina per escalfar-me la llet:

—Quina nit més bèstia, Bet! La nit del lloro! A última hora, la Guàrdia Civil va anar a ca l'Auroba, van detenir el Sayk i se l'en van endur a la caserna.

—Ostres! Es van entrompar i no deixaven dormir els veïns... —volia endevinar.

—No, Bet. No és re de tot això!! El Sayk i tots els seus companys de Lleida havien entrat a Espanya de forma il·legal. No tenien cap permís de residència.

–I han esperat a agafar-lo precisament ara, quan era a Esterri! Per què no el detenien en el moment que llegia el discurs? No es van atrevir, oi?

–Només ens hauria faltat aquesta! T'imagines quin número...

Vaig apagar el fogó abans que la llet arrenqués el bull i vaig córrer cap al penja-robes per posar-me l'anorac:

–Me'n vaig a la caserna.

–No cal, Bet, ja no hi ha res a fer. Aquest matí se l'en han emportat cap a Lleida.

–I vosaltres ho heu permès? Sou una colla de cagats, tu, l'alcalde i tots els polítics!

–Sisplau, Bet, assossega't. Et juro que hem fet tot el que hem pogut, però no hi ha hagut res a fer. Les ordres venien directament del governador. De més lluny encara, de Madrid. Aquesta nit han fet detencions a tort i a dret per tot el país. Al port de Barcelona hi ha un vaixell per tornar-los a l'Àfrica.

–Ara que ja no els necessitem, cop de peu al cul i cap a casa!

–Em sap tan greu a mi com a tu, Bet. Però no n'hi ha per tant. Al cap i a la fi, el Sayk no es pot pas queixar. La comissió no tenia cap compromís especial amb ell. Li vam proposar una feina, ell hi va estar d'acord i el vam pujar aquí dalt. Avui l'hem pagat, amb una bona propina, i prou. Encara pot estar content! No en som aquí, de racistes, l'hem tractat com una persona.

–I com l'havíeu de tractar, com un gos?

–Prou, Elisabet! –El seu xiscle va fer tremolar els vidres. La mare només xiscla així quan ha perdut totalment l'oremus. Llavors, si continues discutint amb ella, pot ocórrer qualsevol desgràcia. Vaig optar per mossegar-me la llengua: no tenia ganes de barallar-me amb ella. Al cap d'una mica em va donar el seu mocador perquè em moqués i m'eixugués els ulls.

–Per què no m'has despertat, mare? –somicava.

–No hauria servit de re, Bet. A més, ell no ho ha volgut. Ah, ja me'n descuidava! El Sayk m'ha donat aquesta nota per a tu.

La hi vaig prendre dels dits amb una esgarrapada. Estava escrita amb llapis en un paper matxucat i ple de ditades, el mateix paper del discurs del rei, per la part del darrere. El missatge, redactat en un anglès infestat de faltes d'ortografia, deia: «Mentre la Bet dorm colgada de llençols tebis, el Sayk s'allunya de les muntanyes blanques, ràpid com un guepard. El Sayk et dóna les gràcies perquè has rigut amb ell i li has ensenyat paraules. I moltes coses més. El regnat del Sayk ha durat molt poc, com la neu dins de la bossa de plàstic. Com un somni. Adéu. Quan arribi a Gàmbia, em tornaré a escapar.»

⬩◆⬩

PEL CARRER MAJOR, a les tertúlies dels bars i a dintre de les cases no es parlava d'altra cosa que de la detenció del Sayk. Cadascú hi deia la seua. Els uns proposaven d'anar en manifestació fins a la caserna de la Guàrdia Civil. Els altres argumentaven que els guàrdies no en tenien la culpa, que ells només eren uns manats, que havien de complir les ordres dels seus superiors. Un regidor jove va planejar de fer un viatge a Barcelona per rescatar el Sayk en el moment en què el fessin pujar al vaixell.

–No perdeu el cap! –aconsellaven els més assenyats. I afegien–: Si l'han agafat els guàrdies, alguna cosa deu haver fet.

–Quin exemple per a la canalla xica! –es lamentaven algunes mares–. Detenir un dels Reis Mags com si fos un delinqüent! Sort que ells, pobrissons, no s'adonen de re.

La canalla xica, però, no són tan rucs com els grans imaginem. Uns quants nens van traure al carrer les armes automàtiques que els havien portat els Reis, i tot el sant dia van jugar a rescatar el Rei Negre del jeep dels civils. De totes maneres, estic segura que, si exceptuem la canalla, la majoria de la gent no hauria mogut ni un dit per aquell xicot foraster que, per més inri, tenia la pell més negra que l'estalzí de la xemeneia.

Havent dinat, la mare em va demanar que sisplau, Bet, si no em feia re, li agradaria de llegir la nota que m'havia escrit el Sayk. La veritat és que sí, que em feia una mica de cosa, perquè era una carta personal dirigida només a mi. Però amb la cara de pena que posava, no em vaig veure amb cor de dir-li que no. Li vaig traduir la nota perquè, ma mare, d'anglès en sap tant com la padrina de japonès.

–Com un somni –va repetir ella, després d'escoltar la nota–. Saps, Bet? Aquest missatge del Sayk em fa recordar d'un llibre de literatura espanyola que ens feien llegir a l'institut. Es titulava *La vida es sueño,* de Calderón de la Barca.

–I de què anava, la novel·la?

–No és cap novel·la. És una obra de teatre, escrita en vers. Tracta d'un noi que des de xic viu tancat en una presó. En realitat és un príncep, l'hereu de la corona, però ell no ho sap. Quan va néixer, els bruixots van pronosticar que el xiquet fóra tan malvat, que faria tancar portes. El rei, son pare, s'ho va creure i va ordenar que l'allunyessin del palau i el criessin en una presó sense saber el seu veritable origen. El rei, però, sospita que els bruixots es poden haver equivocat, de manera que, quan el seu fill ja és grandet, una nit el fa portar al palau, i un cop allí, el coronen rei. El jove rei es comporta de forma autoritària i agressiva. Li fan beure un narcòtic per adormir-lo i el tornen a la seua presó. L'endemà, quan es desperta, el noi es pensa que ha somiat que era rei...

–El Sayk ho va fer molt bé, de rei Baltasar.

–Sí, Bet, això és diferent. L'únic que vull dir és que tant el Sayk com aquest príncep que no recordo com es diu, fan de reis durant una sola nit i encabat es pensen que tot ha estat un somni.

–Doncs jo no hi veig cap semblança!

–No cridis tant, Bet, que el despertaràs. –I em va assenyalar amb els ulls cap al sofà on el pare feia la seua becaina de cada dia. Hi havia moments que els seus roncs i esbufecs se sentien per damunt de les notícies de la tele. I això que la locutora anunciava que havia esclatat la guerra en un país llunyà i que els primers dies ja hi havia hagut un fotimer de morts.

–Sí, sobretot això! –vaig dir ben fort–. No despertem el rei de la casa!

Llavors els esbufecs del pare es van accelerar tant, que semblava que s'anés a ofegar. De cop, renegà malhumorat:

–Cason les dones! Aneu-vos-en a la cuina a xerrar!

La seua fidel i obedient esposa li'n va fer cas i va colar cap a la cuina per donar un cop de mà a la padrina, que ja acabava d'escurar. La seua filla, en canvi, es va tancar a l'habitació amb els seus minairons.

Sense el Sayk ni l'Iu, ni amigues enganxoses, disposaria de tot el meu temps lliure per dedicar-lo als minairons. Primer de tot havia de solucionar la qüestió de l'amagatall: on amagar el canut? Tenia una capseta de seguretat que es tancava amb clau, una espècie de joier que m'havia regalat la mare quan vaig fer dotze anys. Però la vaig descartar de seguida: no hauria pas anat tranquil·la a escola si hagués deixat el canut allí, amb la mare o la padrina soles per casa. Les capses tancades amb clau encara desperten més la curiositat. A més, hauria hagut de portar la claueta a la butxaca, i si la perdia? Després de donar-hi moltes voltes, vaig decidir que mai no abandonaria el canut en un lloc, que sempre el portaria a la butxaca. Per camuflar-lo, em vaig valer d'un retolador, d'aquets de canya gruixuda. Un cop extreta la mina, hi vaig poder entaforar el canut. D'aquesta manera, si algú me'l descobria –si per exemple em queia a terra quan em treia el mocador–, a ningú no li picaria la curiositat. A més de camuflament, el bolígraf groc serviria de cambra de seguretat, en el cas que es produís una fuita al canut.

Solucionat aquest assumpte, vaig anar per feina: tenia encara gairebé tota la tarda per jugar amb la meua joguina fantàstica. Me'n moria de ganes. Abans de començar de veritat, vaig fer unes quantes provatures. Com fan els conjunts musicals amb els instruments i l'equip de so abans del concert de rock. Feia sortir els minairons del canut i, sense dir-los ni ase ni bèstia, els tornava a tancar; demanava un nom determinat, li preguntava una carallada només per sentir-li la veu, i encabat el feia callar i en cridava un altre.

Amb totes aquestes proves vaig descobrir unes coses més del canut. Primera, amb la llum, els minairons es tornaven invisibles. Si destapaves el canut, no veies absolutament re. Tan sols sabies que eren allí per la brunzidera que fotien. Si volies enraonar amb un de sol, el millor era tancar els altres al canut. No calia que continuessin donant tombs com un ventilador, donant-te la tabarra. Els manaves una cosa així: «Tots, excepte el Boig, fiqueu-vos al canut.» Llavors et quedaves sola, amb el Boig volant a tota llet a l'entorn del teu cap, com un borinot borratxo. Sense la bonior atabaladora dels altres, l'entenies millor i no acabaves amb un cap com tres quartans. Si l'habitació estava a les fosques, veies que es movia una rodona de foc molt primeta. Em recordava una mena de cosa que m'agradava fer de xica, quan a casa encenien la llar de foc. (La padrina em renyava, amenaçantme que si jugava amb el foc, em pixaria al llit. Però jo ho feia igualment.) Triava una estaca de llenya, la deixava cremar una mica per una punta fins que tingués brasa, i encabat, amb els dits a l'altre cantó d'estaca, la feia voltar de pressa. Llavors no veies una brasa sinó una roda de foc. Doncs bé, així és exactament com us podeu imaginar un minairó. Per fer-vos una idea de tots els del canut, us hauríeu d'afigurar un buscall encès que un gegant branda amb les seues manasses.

Provant, provant, vaig demanar pel Bo. Tenia

una veueta prima i monòtona com el brunzit que fa el llangost amb les ales. Des del primer moment ja em va caure simpàtic.

–Em permets de dir-te una cosa? –va preguntar amb educació.

–Endavant, Bo. Però siguis breu, sisplau!

–En nom de tot el canut, et dono les gràcies per haver-nos rescatat del museu. Aquell casalot és una presó per a nosaltres, no podem estar tants anys sense fer re. Aviat ens hauríem mort de set i de gana. Estàvem tan neguitosos, que fèiem moure el canut.

–Sou el cul del Jaumet, vaja!

–Ja no podíem resistir més, en aquell coi de garjola. Gràcies per haver captat el nostre desesperat SOS i per haver-te jugat la pell per salvar-nos. A més, una altra cosa: tu ens fas parlar, és com si ens haguessis tornat la veu. Feia anys i panys que les persones només ens volien per pencar. En sortir del canut, nosaltres sempre preguntem: què farem, què direm? Les persones, però, es veu que només sentien la primera part, i començaven a donar ordres: feu una paret de rocs en aquell marge, birbeu la feixa de blat d'allà baix, munyiu tota la vacada, guardeu aquell ramat de cabres... Érem els seus mossos, un escarràs de feina!

–Pels exemples que em poses, veig que esteu molt passats de moda. Avui dia ja podeu estar ben tranquils, que tots aquests treballs no us els manarà ningú. La gent del Pirineu també tenim formigoneres, herbicides, màquines de munyir i vailets elèctrics per guardar el bestiar... Em sembla que us heu quedat una mica antiquats, els minairons.

–I ara, què dius! –va protestar el Bo–. Nosaltres no passem mai de moda! Contínuament ens podem adaptar a les vostres necessitats. I si no t'ho creus, prova de fer-nos treballar en informàtica. Et quedaràs amb la boca oberta.

–Tot arribarà, espero.

–Perdona, Bet, abans no m'has deixat acabar. Et volia dir que a nosaltres, ens encanta d'enraonar amb els homes.

–I amb les dones, no?

–També, per descomptat. Però, la veritat és que no hi tenim gens d'experiència. Sàpigues que tu ets la primera dona de tota la història que tens el canut. Fins ara nosaltres havíem estat sempre al servei dels mascles. El nostre amo solia ser un hereu de casa bona, sovint de les millors cases del Pirineu. El Llibrada de Benasc, el Joaniquet de Forcat, el Jaume de la Torre, el Tor d'Alós, l'Agustí de Montardit. Tots tenien pela llarga, gràcies a nosaltres.

–Fins ara el món estava en poder dels mascles. Però això s'ha acabat.

–No cal pas que ho juris. Tu mateixa n'ets la prova!

–Explica'm una cosa: com és que canviàveu tant d'amo? Vull dir, sent com sou una màquina de fer calés, per què no us guardaven com un tresor tancats amb pany i clau? Per què no us defensaven amb dents i ungles, davant de possibles robatoris?

–Bé ho feien prou, però, ves per on, a vegades una joia, com més la vols guardar, pitjor... A més, pensa que som una eina de treball, i sempre acompanyàvem l'amo.

–Un amo que us tenia perquè us havia pispat a un altre.

–Exacte! Nosaltres sempre estem al servei d'un lladregot.

–Com ara jo, és clar. Gràcies per la floreta.

–Tu ets diferent, tu ens has salvat la vida i ja t'he dit que t'estem molt agraïts. Al cap i a la fi, no érem de ningú, ara, almenys ningú no ens manava re...

–Tranquil, Bo, no tinc cap remordiment de consciència. Has dit que el robatori és l'única manera que teniu de canviar de senyor?

–L'única, no. Al llarg de la història, també hi ha hagut donacions de pares a fills, o bé a l'Església. Per exemple, en una ocasió vam treballar per al bisbe de la Seu, perquè un rector de poble li havia deixat el canut en testament.

–Hi ha alguna altra manera de canviar de mans?

–Sí, quan hi ha hagut un accident. Ja saps que si l'amo ens obre el canut i no ens mana re en deu segons, ens veiem obligats a enviar-lo a l'altre barri. Aleshores ens tornem a ficar al canut pel nostre compte, aixequem el vol i anem a espetegar a qualsevol indret on hi hagi gent disposada a manar-nos feina.

Vam xerrar fins a les talúries. Després de la conversa amb el Bo, ja us puc explicar les normes vuit i nou del decàleg, que en el capítol anterior havien quedat a l'aire. La vuitena –adéu per sempre si tens un descuit–, vol dir que si et deixes pispar el canut, mai més el podràs recuperar. Els minairons, per llei, mai no poden tornar a l'amo que tenien abans. Quant a la novena –després de tu, em buscaré amo nou– fa referència al que acaba de dir el Bo, és a dir, quan els minairons han pelat el seu amo, queden lliures i se'n busquen un altre a la quinta forca. Recordeu-vos-en bé, d'aquest parell de lleis, si més no, fins que arribeu al final d'aquesta història.

6

El PRIMER DIA DE CLASSE després de les vacances de Nadal és el dia més orc de tot el curs. Si encara ets xic és diferent: te'n pots emportar a l'escola la dalladora o el corderet de llana sintètica, que, si no s'han acabat les piles, bela i fa cagallonets de sucre. Amb aquestes joguines pots fardar amb els amics, perquè aquell dia els mestres no et diuen re. Però, és clar, quan ja ets gran i no creus en els reis, ho passes molt malament. Sobretot si ets una estudiant del mateix calibre que la Bet Mas i Puig, és a dir, que tant si penques com si no fas brot, et plantifiquen un bé fastigós a la papereta.

Les senyoretes tornen de vacances amb abrics nous comprats a les rebaixes i amb un bronzejat d'anunci que és massa. I quan una mare els diu que se li nota que ha anat a esquiar, senyoreta, i que no ho pot pas negar i tota la pesca, elles s'estarrufen com un gall fer. Tan aviat com toquen el timbre, entren a la classe disposades a tot. Un cop t'han acabat de dir allò de què, com han anat les vacances, es queixen que anem molt endarrerits en la matèria, que aviat hi haurà l'avaluació, i que si tomba i que si gira. I comencen a explicar a mil per hora. La senyoreta de català ens va amenaçar amb la lliçó dels pronoms.

–Bé, suposo que tots sabeu què és un pronom.

Ningú no ho sabia, però la veritat és que tampoc no ens importava gaire. La majoria de camins, el que et diuen a la classe et rellisca com la neu de primavera per damunt dels llosats.

–També sabeu que poden ser forts i febles.

Aquest segon coneixement, el va voler comprovar.

–A veure, Hug, ens ho pots dir? Ho sents, Hug?

–Què passa? Què diu? –va fer ell, tornant de la lluna de València. Se n'hi havia anat amb la Neus, la seua novieta de setè. En totes les vacances no han parat de fer manetes.

–Et pregunto –va repetir la senyoreta– si saps què és un pronom feble.

–Doncs deu ser un pronom... –s'embarbussava l'Hug–. Un pronom delicat, malalt, que no es troba gaire bé.

Uns quants de la classe, els qui estàvem escoltant, vam esclafir. La mestra també va riure una mica, però de seguida va aixecar el braç, com qui fa aturar un cotxe, per restablir el silenci.

–Tu potser sí que n'estàs, de malalt. Fas mala cara, Hug. Què et passa? –es va preocupar la senyoreta.

–Té el mal de l'amor, senyoreta –va saltar el Pau–. Li ha encomanat la Neus aquestes vacances.

Vam tornar a riure amb ganes. Un grup de nens, que fins llavors tenien el cap vés a saber on, s'havien interessat tot d'una per la conversa.

–Què ha dit? Què ha passat? –va preguntar un a crits.

–Torneu a repetir la jugada! –va bramar un altre–. Com la moviola de la tele!

El Roc, que sempre aprofita la més mínima ocasió d'enrenou per fer el bèstia, va tirar una goma a l'esquena de l'Hug:

–Torna-ho a dir, cap de soca!

Entre l'esvalot de crits i riallades, la classe semblava un orgue de gats. En ple merder, es va obrir la porta i va aparèixer la directora, darrere les seues ulleres de cul de got. No calgué pas que ens digués re per fer-nos callar. Va avançar directe cap a la pisarra on era la senyoreta, i es van xiuxiuejar en veu baixa unes poques paraules. La senyoreta va passar la mirada pels pupitres fins que va trobar els meus ulls:

–Sisplau, Bet. Vols sortir un moment amb la senyora directora?

Pel to de veu, ja vaig endevinar que hi havia moros a la costa. I efectivament, no anava gens desencaminada: la directora em va dur fins al seu despatx, on m'esperava el vigilant del museu amb cara de pocs amics.

–Seu, Bet –M'assenyalà una cadira–. El Quim... Bé, el senyor Quim diu que han trobat a faltar una peça del museu i et vol fer unes preguntes.

–No cal fer gaires marrades, que bé saps prou de què va –va bramar el vigilant. I em va mirar amb odi, com si tingués al davant el criminal més monstruós del món–. Tu, nena, vas rebentar la vitrina i vas robar el canut dels minairons.

–El canut de què? –vaig preguntar, tot fent l'orni. De poc que no em fico de peus a la ferrada.

–Ho veu com es contradiu? –Es va girar cap a la directora–. Resulta que aquesta mocosa ve al museu a preguntar-me per les rondalles de minairons, perquè a l'escola n'ha de fer un treball, i ara vol fer veure que no es recorda ni de com es diuen. Se n'adona? Si ha dit aquesta mentida, és perquè se sent culpable!

El vigilant parlava molt convençut. Sort que la directora no ho veia tan clar:

–A veure, Bet. Així dius que la senyoreta t'ha manat un treball sobre els... –Ella tampoc no es recordava del nom. Abans de dir una bestiesa, ho preguntà de nou–. Sobre els què?

–Minairons –va repetir el vigilant.

–No, no és cert –vaig dir jo tranquil·lament–. Ningú no me n'ha manat cap, de treball.

–Mentidera! –va bramar el vigilant.

–Si ho vol comprovar –vaig dir a la directora–, faci venir la senyoreta de socials i pregunti-li-ho.

Davant la meua seguretat, tant ell com ella devien pensar que no calia. Al cap i a la fi, el que jo deia era cert: aquella història del treball de classe era una mentida que m'havia inventat perquè el vigilant no sospités del meu interès pels minairons.

–Llavors, què et vas empatollar l'altra tarda? Perquè no em negaràs que em vas venir a veure al museu, oi, mosqueta morta?

–Sí, és cert que vaig enraonar amb vostè. Li vaig dir una mentida, perdoni... Jo el que volia era que, amb aquella excusa, vostè em deixés entrar de franc.

Per la mirada de la directora, vaig conèixer que ella estava de la meua part. Me n'havia sortit més fàcilment del que em pensava.

–De mentides, no n'has de dir, Bet. Ja ho has vist, només et portaran maldecaps. Au, torna-te'n a la classe.

El vigilant em va mirar amb ulls de gos rabiós. «No cantis victòria, que això no s'acabarà pas així», em va dir amb la mirada. Abans de passar la porta, encara vaig sentir les últimes paraules de la directora:

–Ja ho veus, Quim, mentides de criatura! Hauràs de buscar per un altre cantó...

Quan m'havien fet sortir de l'aula, ja m'ensumava algun perill, per això havia tingut la precaució de no emportar-me el bolígraf groc a la butxaca. L'havia deixat damunt del pupitre. Un cop fora del despatx, vaig córrer pel passadís com un coet i vaig entrar a classe amb els ulls clavats al meu pupitre. Em va fer un salt el cor: el bolígraf havia desaparegut. La Sol, la nena del meu darrere, me l'havia agafat per tafanejar i ja començava a desenroscar el tap amb els seus ditots greixosos. L'hi vaig arrencar amb una urpada.

–No et cal ser així, nena! –va protestar–. Te l'ha regalat l'Iu, o què?

–Calla, truja!

M'havia anat d'un pèl de conill: si trigo un segon més a tornar, aquella bordegassa em fum els minairons a prendre pel sac.

⬩◆⬩

CADA TARDA feia el mateix. En sortir d'estudi, corria cap a casa, agafava un iogurt de la nevera i em tancava a l'habitació per jugar amb el canut. Era un joc molt divertit. Molt més entretingut que mirar aquests programes infantils tan ridículs que totes les teles del món fan a la mateixa hora i que semblen fets expressament per a nens idiotes. Tot just descargolat el tap, tenia a la meua disposició milers de criats disposats a tot. Encara que els fessis sortir mil vegades seguides del canut, no els notaves el més mínim senyal de fatiga o d'avorriment. Com us ho diré? Els minairons eixien del canut desficiosos com les ovelles que el pastor de Carrera avia cada matí i que surten del corral com si la fam les fes córrer. La meua ramada tenia prop de tres mil caps de bestiar. Quina passada! Us la imagineu?

Cada minairó és un sac d'històries, un tros d'enciclopèdia. En cridava un, qualsevol: la primera paraula –sempre d'una síl·laba– que em venia al cap, i el començava a interrogar. Perquè us feu una idea aproximada del tresor que tenia a les mans, us en faig cinc cèntims. Resulta que un dia que els meus pares a l'hora de dinar van discutir sobre Rússia –n'havien parlat al telenotícies, és clar–, a mi se'm va ocórrer de demanar pel Rus. I tant si hi era, al canut! Aquest minairó, tot i tenir un accent estranger molt marcat, xerrava pels descosits. Si no li hagués parat els peus, hauria estat capaç de descabdellar-me d'una tirada tota la història del seu immens país. A mi, però –i suposo que a vosaltres també–, del que ha passat o pugui passar a Rússia,tant se me'n dóna. Em feia més gràcia de saber coses relacionades amb la història del canut. Per exemple: com dimonis va ser possible que els minairons fessin cap a la mateixa Rússia? El Rus m'ho va explicar amb pèls i senyals.

Tot va començar a principis del segle XX, quan a la vall de Cabdella construïen la Central Elèctrica. Resulta que una nit, l'hereu de cal Jaume de la Torre de Cabdella, la millor casa de la vall Fosca, va convidar a sopar un capatàs de les obres. Aquest va fer emborratxar el Jaume amb anís, i quan estava ben trompa, li va prendre el canut dels minairons. L'encarregat els volia, és clar, per fer-los sirgar en aquelles obres faraòniques. I prou que s'hi va conèixer: en poques setmanes els minairons van excavar una barbaritat de quilòmetres de galeria subterrània, per comunicar tots els llacs de la muntanya amb l'estany Gento. El capatàs va acomiadar els obrers de la seua brigada –els minairons n'avançaven més, de fer túnel– i, d'amagat de la Companyia, es va quedar amb el sou dels treballadors. Quan es va destapar tot, hi va haver vagues, manifestacions, un merder de ca l'Ample. Al final, l'encarregat va acabar fent la fi del cagaelàstics: un anarquista murcià, un tal Rojo, després d'arrabassar-li el canut, va fer volar el seu xalet, amb ell a dintre, amb no sé quantes tones de dinamita. El murcià va fugir cap a Rússia, on s'enrolà voluntari a la revolució dels bolxevics. I així fou com els minairons van prendre part en el famós assalt al Palau d'Hivern de Sant Petersburg, el mes d'octubre de 1917...

En fi, podria continuar la història del canut, cap endavant o cap endarrere, fins a fer-me realment pesada. Prefereixo deixar-ho córrer. De totes maneres, perquè us en feu una idea general, miraré de resumir-vos, amb unes poques ratlles, tota la història del canut.

La història del canut dels minairons és tan

antiga com la vida de l'home a les valls del Pirineu, allò que diuen, es perd en la foscor dels segles. Així i tot, podem parlar de tres èpoques històriques durant les quals l'activitat dels minairons és especialment trafegosa. Primera, la prehistòria: en aquesta època, que dura una pila de segles, els minairons arrosseguen lloses enormes per construir els dòlmens. Tots els del Pirineu els han fet els minairons. Segona, l'edat mitjana: en poder dels comtes del Pallars, els minairons prenen part en batalles decisives, com la reconquesta de Lleida, de Tortosa, o el desembarcament de Jaume I a Mallorca. Finalment, una tercera etapa que va des de mitjan segle XVIII fins a la guerra de 1936. En aquesta època, en què el Pirineu augmenta molt de població, els minairons no donen l'abast: netegen els camps de pedres per preparar-los per al conreu, fan paret als marges perquè l'aigua de les tronades no se n'emporti la terra, a l'estiu dallen l'herba dels prats i a l'hivern caven ceps a les vinyes del Rosselló... Sobretot, però, treballen com uns negres a les mines de ferro de la Vallferrera, i d'aquí els ve el nom de minairons. Com és lògic, la majoria de documents i testimonis orals sobre la història dels minairons, són d'aquesta tercera etapa.

◆◆◆

JA SÉ el que deveu pensar: tu molt xerrar, molt xerrar, però a veure si fas actuar els minairons d'una punyetera vegada! Ho he endevinat? Doncs no us amoïneu, que de seguida arriba la primera actuació. No tanquéssiu pas el llibre, que us perdríeu el millor!

La mestra de mates era una dona superrefinada. Feia sempre cara de fàstic, perquè tot ho trobava brut i quan et demanava la llibreta l'agafava amb els dits com si fos un cagalló de gos o una cosa així. Ella va ser la qui va donar l'alarma:

–Aquest col·legi és més brut que la barra d'un galliner, estem envaïts de polls! –es queixava sense parar.

Jo estic segura que tot va ser imaginació seua. Era tan llepafils que, si n'hagués vist un de sol, de poll, hauria estat capaç de sortir corrent del col·legi i llençar-se de cap al riu.

Aviat tots vam començar a gratar-nos el cap, i com més gratàvem més picantor sentíem. Al col·legi no es parlava d'altra cosa que de la plaga de polls. Com que érem a l'hivern i no podíem obrir les finestres, les classes feien una ferum de petroli i de xampús estranys que només tenies ganes de sortir a fora per respirar. Els mestres donaven la culpa als pares, com és natural. Els pares a la vegada, estaven dividits en dos grups. Uns quants donaven la culpa a la directora per haver admès al col·legi dos nens gitanos. La resta de pares, que eren la majoria, passaven olímpicament del col·legi. Com també és natural.

Per fi, la directora va convocar un consell escolar extraordinari, amb un únic punt a l'ordre del dia: els paràsits. Bé, suposo que no cal que us recordi que en aquestes reunions, hi assisteixen representants dels mestres, dels pares, de l'Ajuntament i un parell o tres d'alumnes.

Poc després d'haver començat el consell, em vaig tancar en un lavabo del col·legi, decidida a donar el cop.

–Què farem, què direm? Què farem, què direm? –demanaven els minairons.

–Entreu a la sala del costat, amagueu-vos dintre dels cabells de la gent i, començant per la directora, piqueu a tothom durant cinc minuts.

Moments després, vaig sentir un gran xivarri a la sala. Al cap de cinc minuts clavats, que a mi se'm van fer interminables, van tornar els minairons. Els vaig tancar al canut i vaig córrer cap a casa amb els talons al cul.

La Rat, que és la representant dels alumnes, ens ho va explicar tot aquell mateix vespre, a un grupet de nenes de vuitè:

–Ha sigut tan superdivertit, que no us ho creureu. La directora ha començat negant que al col·legi hi hagués paràsits, que tot era una al·lucinació col·lectiva. Això mateix ha dit. De sobte, s'ha donat un cop al clatell amb la mà com si l'hagués picat un mosquit i s'ha gratat uns segons. Alguns ja no ens hem pogut aguantar el riure. Perdó, ha dit, i ha continuat xerrant, però amb poques ganes. La dona s'anava posant vermella, vermella, amb els punys tancats per aguantar-se les ganes de rascar-se. Semblava que d'un moment a l'altre s'anés a rebentar o una cosa així. Però llavors jo he sentit una fiblada al front, sota el serrell i encabat, unes pessigolles terribles a sota l'aixella... Es veu que a tothom li passava el mateix. El cas és que tots ens hem gratat el cap, però no amb un dit o amb una mà, sinó amb totes dues mans i encara no tenies prou dits de tanta coïssor que senties... Els uns es volien fondre de tanta vergonya que passaven, els altres ens pixàvem de riure! Ha sigut increïble, ho hauríeu d'haver vist!

–Ha durat gaire estona la picor? –vaig preguntar.

–Doncs Déu n'hi do del que ha durat. A mi encara em fa picantor el cap. No tanta com allà dins. No es pot comparar amb la rabior d'abans.

–I com ha acabat la reunió? –volia saber la Flors. I a mi també m'interessava, és clar.

–A poc a poc, la gent s'ha anat assossegant. Tenies una mica de picor, però ja ningú no es gratava... El farmacèutic ens ha examinat el cap i no hi ha trobat ni rastre de polls, ni de llémenes, ni de mosquits, ni de re. Ha dit que algun bromista havia tirat a la sala un esprai o alguna d'aquestes coses per fer broma. La directora ha jurat que el pescarien i que se la carregaria de valent.

7

EN TEMPS ANTICS, l'afortunat que posseïa els minairons, els feia treballar només en els negocis propis. En canvi, fins ara la Bet de cal Marçalenc no n'havia tret gens de profit. Si l'hereu de Llibrada de Benasc aixequés el cap i sabés les ruqueries amb què els faig perdre el temps, podeu estar ben segurs que es lamentaria: «Malaguanyats de diablorins! Realment Déu dóna faves a qui no té queixals!» L'home, en aquests dos mesos, qui sap el gavadal de feina que li haurien enllestit a casa seua. Entretant, ell, hauria pogut córrer tranquil·lament totes les fires del país comprant i venent bestiar.

Què us diré? Us penseu que no se'm va ocórrer que els minairons em podrien solucionar els deures que em manaven al col·legi? Doncs esteu ben equivocats: precisament aquesta va ser la primera cosa que em va sortir del caparró. No sóc pas tan ximpleta com potser alguns fins ara havíeu suposat. Ben aviat vaig provar que els minairons em fessin els deures. El que passa és que mai no me'n vaig poder sortir, per problemes tècnics. Destapava el bolígraf i el deixava damunt d'un foli en blanc que havia estirat sobre la taula.

–Què farem, què direm?

–Escriviu una redacció de cent paraules amb aquest títol: «La neu del febrer, se'n va com un gos llebrer.»

Llavors l'eixam de minairons s'entortolligava com una serp al bolígraf i aquest semblava que volés damunt del paper. Heu vist com treballa una impressora làser? Doncs us en podeu fer una idea aproximada: en dos segons es polien tot el foli. Hi havia, però, un gran inconvenient. Resulta que feien escriure el bolígraf a una velocitat tan vertiginosa, que la tinta de la mina no tenia temps de mullar la boleta de la punta. Tan sols quedaven escrites les primeres lletres de cada línia, tota la resta quedava en blanc, impossible de desxifrar. Vaig provar diverses marques de bolígraf i amb tots passava, si fa no fa, el mateix. Els retoladors tenien un problema semblant, és a dir, tampoc la tinta no arribava a temps a la punta. Finalment, si els donava un llapis, pitjaven massa fort contra el paper i me l'espuntaven a la primera paraula. Malauradament, em vaig adonar que totes aquestes eines d'escriure, tan útils a les persones, resulten inservibles i antiquades a la velocitat dels minairons. Ells exigien la rapidesa d'un ordinador. De vint megues, pel cap baix!

—Mare, em deixaràs un dia l'ordinador? He de fer un treball i el vull presentar com Déu mana.

—Això dels treballs que et manen a l'escola és un recurs que podeu utilitzar per al que us convingui. No falla mai.

—Ja saps com funciona?

—És clar que ho sé! A la classe d'informàtica fem anar el mateix programa.

—Està bé, agafa'l... Fóra com si em demanessis el bolígraf i no te'l volgués deixar. Però para compte, sobretot! Hi tinc tota la informació de l'Ajuntament i els comptes de casa!

L'endemà a la tarda, aprofitant que em trobava sola a casa, vaig entrar al despatx de la mare. Havia pensat i rumiat tots els detalls. Primer vaig engegar l'aparell i encabat vaig agafar un disquet verge, de dos megues de capacitat, i vaig destapar el canut.

—Què farem, què direm?

—Fiqueu-vos dintre del disquet! Ben juntets, que hi heu de cabre tots!

Vaig esperar uns moments, no fos cas que me'n quedés algun a fora. Encabat, vaig introduir el disquet per la ranura de l'ordinador. A partir de llavors, vaig donar les ordres des del teclat. Quan els vaig fer passar del disquet al disc dur, vaig sentir un gran enrenou dintre el cos de l'ordinador: com si una ramada de nens i de nenes sortissin al pati després de dues hores d'estar tancats a l'aula. O una cosa així. Immediatament, van aparèixer pel monitor unes lletres intermitents, tan grans, que anaven de cap a cap de la pantalla:

–QUÈ FAREM, QUÈ DIREM? QUÈ FAREM, QUÈ DIREM? –Feien pampallugues com un anunci lluminós.

–Escriviu-me un treball sobre els arbres d'alta muntanya –vaig teclejar.

–Quina extensió? –preguntà la pantalla.

–Cinc folis.

–Dis-nos la quantitat en bits, sisplau!

Ho vaig calcular a corre-cuita: mil cinc-cents bits que deu tenir un foli poc més o menys, multiplicat per cinc...

–Set mil cinc-cents bits –vaig escriure.

A l'acte, tot es va disparar: les tecles pujaven i baixaven totes soles, com si uns dits invisibles les pitgessin. Mentrestant, el cursor corria com un coet per la pantalla deixant darrere seu línies i més línies de text. Anava tan de pressa, que no tenia pas temps de llegir tot el que escrivia. Era realment formidable poder contemplar, amb els braços plegats, com algú et fa els deures de l'escola en un tres i no res.

Enmig d'aquell desori, em va semblar sentir la porta de casa.

–Sóc jo, Bet!

Reïres, arribava la mare! Vaig córrer d'interrompre l'activitat de la pantalla. Amb una esgarrapada vaig fer l'operació inversa: els minairons van passar del disc dur al disquet, i d'aquest al canut. Com ja podeu suposar, no vaig tenir temps de guardar-ho: tot el que havien escrit se'n va anar al carall. La mare no es trobava gaire bé i es volia estirar una estona al llit. Per descomptat que, estant ella per casa, no em vaig atrevir a tornar-ho a provar.

L'endemà al migdia quan vaig arribar d'estudi, la mare m'esperava amb barres altes:

–Què dimonis hi vas ficar, a l'ordinador? Fa unes coses molt estranyes!

Em vaig quedar de pedra, si m'haguessin punxat, no m'haurien tret sang. De totes maneres, vaig aparentar tranquil·litat:

–No t'amoïnis, mare, que ara mateix t'ho arreglo. –Volia evitar sobretot que ella m'acompanyés al seu despatx–. No cal que vinguis, tu. Acaba de fer el dinar, que em moro de fam.

Vaig córrer pel passadís amb un culet tan estret, que la pell de les cuixes no em tocava als texans. Tenia por que aquells galifardeus m'haguessin fet una destrossa al disc dur. No ho sé, com que els minairons, a les fosques, eren com guspires de foc, potser havien cremat tota la informació de l'Ajuntament que la mare guardava. Afortunadament, tot va ser una falsa alarma. Només engegar l'aparell, el cursor va començar a fer el boig per la pantalla.

–Bip-bip, bip-bip! –piulava tot anant d'un cap a l'altre de la pantalla. Semblava un moixonet engabiat.

–Què vols? –vaig escriure.

–Vull sortir! Vull anar amb els meus companys!

–Qui ets, com et dius? –vaig preguntar de nou.

–Sóc el Coix. Sóc el Coix!

Llavors ho vaig entendre tot: es veu que amb les presses, aquest minairó no havia tingut temps de saltar al disquet i s'havia quedat tancat al disc dur. No em va costar gaire de traure'l: vaig aviar de nou els minairons a l'ordinador perquè el rescatessin i encabat, vaig tancar el ramat sencer al canut. No re, un joc de poques taules. De totes maneres, l'espant que vaig tenir no me'l trau ningú. Després de l'escarment, vaig jurar que no els tornaria a fer treballar en informàtica fins que els pares no em compressin l'ordinador.

⬩◆⬩

CADA ANY per Carnestoltes, al meu col·legi s'organitzava un concurs de disfresses. Era un acte molt important, fins al punt que la majoria de pares només venien al col·legi aquell vespre per veure desfilar la seua filla disfressada de carrereta o el seu planço vestit de cadell d'ós. Els mestres n'havien fet molta propaganda. Entabanaven els pares dient que aquesta activitat era «molt positiva a nivell d'expressió plàstica, cara al desenvolupament de la capacitat creativa de l'alumne i...» etcètera. En pic que tornàvem de les vacances de Nadal, hi començàvem a treballar de valent i ja no fèiem re més. A la meua classe –no recordo si us he dit que anava al vuitè B–, aquell curs algú va tenir la idea de disfressar-nos de bèsties de muntanya. A la tutora li va encantar la idea del ramat de bestioletes i vam anar per feina. Primer de tot vam buscar els animals en llibres de ciències: tots havien de ser salvatges i viure a la muntanya. Com per exemple, el gall fer, la perdiu blanca, el porc senglar, el cérvol, el teixó, la marmota, l'ós bru... i així fins a vint-i-set, un de diferent per a cadascun de nosaltres. Vam fer el sorteig de les feres, i a mi em va tocar l'isard. En certa manera vaig tenir sort. Almenys vaig ser més afortunada que el Lluc de l'Oficial, que, pobre, li va tocar de disfressar-se de truita de riu.

De tota la disfressa, la pell de la bèstia va ser el que més feina i maldecaps em va dur. Després de molt remenar, vaig trobar en una botiga de Sort una manta de color castanya, molt semblant a la pell d'isard. Vaig tallar la part de la roba dels braços i de les cames, les vaig cosir separadament i encabat les vaig ajuntar al cos. Al final, va resultar una sola peça de vestit que es cordava amb una cremallera de cap a cap de l'esquena. Per simular les peülles, em vaig valer d'uns plàstics negres que em cobrien les vambes, i d'unes manyoples, també fosques, per a les mans. Quant al cap, el vaig fer de cartó pedra i encabat el vaig pintar. Les banyes, que eren autèntiques d'isard, me les va deixar el vell del Seranet, que de jove havia estat un gran caçador. Tan famós, que una vegada havia acompanyat per les muntanyes d'Espot un rei d'Espanya que es deia Franco. I com que al rei li tremolava el pols, el Seranet es va fer un tip de matar isards. No és per dir-ho, però la meua disfressa d'isard va ser la millor de la classe. No sé pas què donaria perquè la poguéssiu veure. Us ho dic de debò!

La tarda del concurs, amb la fal·lera d'estrenar-me la disfressa d'isard, vaig tenir un descuit fatal, imperdonable. Després de dutxar-me, em van quedar els texans a la cambra de bany i ma mare, que tot ho troba brut, va plegar els pantalons i cap a la rentadora. Naturalment, sense mirar si a les butxaques hi havia un bolígraf groc o alguna cosa semblant! Quan me'n vaig adonar, ja era massa tard. De primer vaig sentir uns patacs molt forts, poc després, els crits d'auxili de la mare:

–Corre, Bet! Corre, que la rentadora s'ha tornat boja!

Vaig sortir a tota pastilla de l'habitació. Efectivament, la rentadora saltava damunt les rajoles de l'eixida, amb uns bots tan bestials, que s'aixecava més de dos pams de terra. Com una mula guita que llancés coces i bots de pernes a tort i a dret.

–Deu ser la centrifugació! –vaig cridar per tranquil·litzar ma mare. Sabia, però, que no es tractava pas de cap avaria de la centrifugació, ni d'altres coses per l'estil, sinó d'una perillosa fuita de minairons.

Vaig desendollar el cable de l'electricitat, però re, el terrabastall va continuar igual. O encara pitjor, perquè llavors el tambor de dintre bramava més fort. Finalment, vaig poder desenroscar la goma d'entrada d'aigua. Aleshores la màquina, en sentir-se lliure de lligams, va fer un bot per damunt de la barana de l'eixida i es va precipitar al carrer. Vaig saltar els esglaons de deu en deu. Vestida amb la meua flamant disfressa d'isard, naturalment. No tenia pas temps de traure-me-la. A més, si m'hagués quedat amb calces, encara hauria estat pitjor, perquè havia baixat la brufada del port, i al carrer fotia un fred de nassos.

Es veu que la rentadora devia ser de molt bona marca perquè, tot i caure d'un primer pis, no es va pas esbotzar ni re. Al contrari, la màquina havia enfilat tota decidida carrer Major avall. Em duia ben bé vint-i-cinc metres d'avantatge.

–Guaita, mare, guaita! Un isard que persegueix una rentadora –va dir un marrec.

–Quines orqueries! –va fer la dona–. Ja no saben què fer per atraure el turisme.

Vaig poder atrapar la màquina just davant de la botiga del Terrissaire. Un parell de camacus, que badoquejaven mirant l'aparador, es van quedar amb la boca oberta!

–Que bestial, tio! Això sí, que és una disfressa típica! –xisclava la camaca, mentre el seu marit o el qui sigui, em feia fotos per tots els costats.

També va traure el nas el senyor Pere, l'amo de la botiga.

–Molt bé, nens. Ho feu molt bé! –Es referia a mi i la rentadora, és clar. I encabat, es girà cap als turistes–: Tinc un formatge del país boníssim. Me l'acaben de baixar d'un poble de per aquí dalt. És autèntic d'ovella, i està molt bé de preu, no es pensin...

No vaig saber si el senyor Pere els va encolomar o no el seu formatge del país, perquè la màquina arrencà de nou carrer avall, i jo al seu darrere, trepitjant-li l'ombra. Passades les darreres cases del poble, va girar cap a l'esquerra, pel camí de la Carrerada en direcció al riu.

–Mare de Déu Santíssima! –vaig esbufegar–. Si cau al riu, ja li puc fer un nus a la cua!

Hi va haver sort de la renglera de pollancres de la vora del riu. La rentadora va anar a petar contra la soca d'un d'aquests arbres i s'obrí com una magrana. Uns metres abans d'arribar al lloc de l'accident, els minairons em venien a rebre:

–Què farem, què direm?

Xops com una sopa, m'esquitxaven la cara amb milers de gotetes d'aigua, com un gos moll quan s'espolsa el pèl. Els vaig engegar a escampar la boira:

–Aneu a donar un tomb a la Vall d'Aran.

Ho vaig fer perquè s'assequessin i també per descansar una mica i guanyar temps. La màquina havia quedat com una coca i la roba de dins estava tota estrinxolada, com si se l'haguessin estat cruspint una plaga de corcs. El canut i el bolígraf s'havien esmicolat a trossets.

–Què farem, què direm?

–Ja torneu a ser aquí? –Em va semblar que la veu era diferent, més rogallosa. Potser alguns s'havien refredat.

–Què farem, què direm? –Encara em tiraven capellans. Així i tot, els vaig ensacar.

–Fiqueu-vos en aquesta manyopla –vaig dir.

Un cop van ser a dins, vaig lligar el canell del guant amb el cordó de les vambes. Com a canut provisional no estava gens malament. Abans de tornar a casa, vaig entrar a la botiga de Foro, una merceria on pots trobar vetes i fils de l'any de la picor.

–Voldria un canut d'agulles. De fusta, com aquells d'abans.

La senyora Angeleta va traure una capsa on n'hi havia tres; eren els últims que li quedaven. Tenien la mateixa forma que l'original del museu, però pintats de colors vius. Me'ls vaig quedar tots tres, els dos que em sobraven, un dia o altre em podrien venir bé. D'aquestes peces de recanvi ja no en fabriquen, avui.

Ja us podeu figurar que aquella tarda a casa no es va parlar d'altra cosa que de l'accident de la rentadora. La mare donava la culpa a un augment sobtat del corrent elèctric.

–Una pujada de la llum? –l'escarnia el pare–. No digues bestieses, dona! A més, en aquella hora jo era a la Central i no n'hi ha hagut cap, d'avaria.

La teoria del pare era molt més complicada. Segons ell, la màquina s'havia destarotat a causa d'un sabó de rentar en mal estat, que al moment de centrifugar hauria desencadenat una reacció química de conseqüències imprevisibles.

–El que trobo més estrany –va dir la padrina, que havia vingut a sopar a casa– és aquesta escapada pel carrer Major fins al riu.

El pare també hi va trobar una explicació lògica. Segons ell, en caure la màquina al carrer, s'hauria girat cap a terra la roda del motor, i hauria fet córrer la rentadora carrer avall com un cotxe desfrenat.

–I tu, Bet, què hi dius? –em va preguntar la mare.

–Doncs jo penso que la màquina estava plena de dimonis o de minairons.

–A mi no em fa cap molla de gràcia, Elisabet! –em va renyar. Quan s'enfada em crida amb el nom sencer.

–I a mi encara menys –va dir el pare–. La festa em costarà cent mil pessetes. –Es va girar cap a la mare–: Per cert, saps quines mides feia la rentadora?

Ella naturalment no se'n recordava. De manera que el pare es va aixecar de taula i va colar cap a l'eixida amb la cinta mètrica a les mans.

Jo em vaig tancar al bany i em vaig dutxar, sense rentar-me el cap. Encabat, vaig engegar l'assecador i, en lloc d'eixugar-me els cabells, vaig assecar els minairons. Volia evitar que m'enxampessin una calipàndria. Quan els vaig tenir secs, els vaig ficar en un canut nou, i aquest, a la vegada, dins d'un bolígraf groc, igual que l'anterior, que tenia de reserva.

8

PER FI, a còpia de jugar al joc del minairó, vaig traure el trellat d'un misteri que des del començament d'aquesta història em feia ballar el cap. Quina relació tenia o havia tingut el guardià del museu amb el canut? Ho vaig descobrir per carambola, no ho puc pas negar, però també es pot considerar com un premi a la meua constància, ja que si hagués deixat d'enraonar amb els minairons, no ho hauria pas sabut mai. Doncs bé, un dia que em feia mal una dent, vaig pensar que a la nit parlaria amb la Dent del canut, per veure quin coi d'història em contava.

–Abans que tu –va dir la Dent–, vam estar al servei del senyor Quim, el guardià del museu.

Em va fer un salt el cor. Per poder escoltar-la millor, em vaig incorporar i vaig recolzar l'esquena al capçal del llit.

–El nostre amo nou –va continuar la minairona– tenia la fal·lera d'arreplegar trastots vells per les cases abandonades dels pobles. Volia fundar un museu d'etnologia. Només pensava en el museu, li havia fet perdre el cap. No en vull dir mal. Al cap i a la fi, els minairons no podem oblidar que aquest maniàtic, en certa manera, ens va salvar la vida. Encara que després ell volgués fer el contrari.

–Salvar-vos la vida? Em pensava que els minairons éreu immortals, que no podíeu morir.

–Som immortals, però amb una condició: que ens manin feina. Un llarg oblit per part de les persones, ens pot provocar la desaparició definitiva.

–Ah, és clar! –Em vaig recordar de la desgràcia del Vós.

–El Quim ens va rescatar de cal Xollat de Bonarri: feia vint-i-set anys que el canut restava oblidat en una posella de l'alcova on va morir l'hereu. Quan el Quim ens va trobar, la casa era a punt d'ensorrar-se i nosaltres a punt de desaparèixer per sempre sota la runa. Les seues ordres i mandats ens van reviscolar, vam tornar de mort a vida.

–Que us va fer construir a vosaltres el museu, potser? –vaig preguntar.

–I és clar, dona! Ara, traginar el material, pujar les parets o coses així, no. Això rai! Per fer-ho hi ha arquitectes, aparelladors, paletes i manobres. A nosaltres ens va tocar fer el pitjor: aconseguir els calés.

–Tan mala feina és?

–Pitjor del que et penses. Mira, tingues en compte que es van haver de demanar diners a set institucions: a l'Ajuntament d'Esterri, al Consell Comarcal del Pallars Sobirà, a la Diputació de Lleida, a la Generalitat de Catalunya, al Govern de Madrid, a la Comunitat Europea i a la UNESCO.

–Au, vinga, que encara em donaràs beure amb una orella de ruc! No em faràs creure que els minairons vau anar pels despatxos pidolant calés a les autoritats.

–És clar que no, dona. De captaire només en feia el Quim. Però pensa que cada institució li exigia un munt de papers: que si instàncies, que si certificats, que si sol·licituds, que si fotocòpies, que si això, que si allò altre. Era del tot impossible que el Quim se'n pogués sortir tot sol. Fixa't que nosaltres, tot i que som un corcó de feina, vam anar de bòlit durant molt temps per enllestir piles i piles de paperassa.

–Com és que el Quim us guardava dins de la vitrina del museu?

–No vagis tan de pressa, que ja hi arribaré –va dir la Dent–. Quan el nostre amo ja havia aconseguit els diners per construir el museu, va tenir un accident en una casa que marcava ruïna. Li van haver de tallar el braç dret. Mentre ell es recuperava, nosaltres ens moríem d'impaciència dins del canut. Finalment, un dia va voler de nou manar-nos feina i per obrir el canut, no se li va ocórrer altra cosa que destapar-lo amb les dents. Si ho hagués fet al revés, és a dir, aguantant el canut amb la boca i descargolant el tap amb la mà esquerra, no hauria ocorregut cap desgràcia. El cas és que nosaltres estàvem tan neguitosos, que tots volíem sortir alhora i amb l'estampida li vam arrencar unes quantes dents. «Què farem, què direm? Què farem, què direm?», vam preguntar, més inquiets que mai. L'amo, a pesar de tenir la boca plena de sang com un vampir, va balbucejar una ordre: «Fiqueu-fos finfe fel canuf.» Aquest cop no ho va dir pas per tenir-nos tancats provisionalment, sinó que tenia la intenció criminal de no manarnos mai més re. Havia estudiat el nostre caràcter i sabia que aquest era el pitjor càstig que ens podia posar. Una venjança, naturalment desproporcionada, perquè a la llarga suposaria la nostra desaparició.

–I us va engarjolar dintre la vitrina del museu –vaig concloure.

–Exactament.

–No ho acabo de veure clar... Vull dir que no comprenc per què el Quim va renunciar tan fàcilment a una cosa tan fantàstica i meravellosa com sou vosaltres. No n'hi havia per tant, em sembla.

–Mira, en primer lloc, ell ja havia aconseguit de nosaltres el que volia: les subvencions del museu. A més a més, resulta que per culpa de les dents el va deixar la xicota.

–Això sí, que ja és més greu! Explica-m'ho tot!

–No em costarà pas gaire. Doncs resulta que

el Quim es va enamorar bojament d'una secretària del Departament d'Ajuts de la Generalitat. De primer, la noia no li'n va fer cas. El Quim, però, no es va pas desanimar. Quin un ell per descoratjar-se! Al contrari, va començar a escriure-li diàriament unes cartes d'amor tan apassionades, que haurien fos tot el glaç de la gelera de l'Aneto. Molts de nosaltres, mentre li passàvem les cartes a màquina, no ens podíem aguantar les llàgrimes. Encabat, l'home les hi feia arribar camuflades enmig de la paperassa oficial d'instàncies i fotocòpies. Finalment, la xicota va fer un cop de cap i li va correspondre. Va pensar que si amb una sola mà li escrivia aquelles meravelles, què no fóra capaç de fer si no li faltés la mà dreta? Aquell home devia tenir un cor més gran que la plaça Sant Jaume! Van festejar un parell o tres de mesos, fins que va ocórrer la desgràcia de les dents... Quan ella el va veure esdentegat, li va dir que li sabia molt greu, però que sense dents no el podria estimar mai... I que si se'n posava de postisses encara pitjor, perquè, a causa d'un trauma infantil, tenia al·lèrgia a les dentadures postisses. El Quim se'n va endur un disgust de mort. Des de llavors, va dirigir tot el seu odi contra els minairons: nosaltres teníem la culpa que la xicota el deixés. Ho entens ara, Bet?

Ho entenia perfectament, l'amor pot fer perdre la xaveta a qualsevol. Abans de retirar-se, la Dent em va agrair, una vegada més, que els hagués alliberat de la condemna del guardià i em va suplicar que per re del món no els tornés al museu. Al cap d'una mica, vaig agafar de la tauleta de nit un dels canuts que havia comprat a Casa Foro i vaig entrar a la cuina. Amb un fregall d'alumini vaig refregar el canut fins que em va semblar que era tan descolorit com l'original del museu. I vaig tornar a l'habitació, caminant de puntetes, per no despertar els meus pares.

–Què farem, què direm? Què farem, què direm?

–Agafeu aquest canut, porteu-lo al museu i fiqueu-lo dins la vitrina dels minairons. Deixeu-ho tot tal com ho hagueu trobat i torneu.

L'endemà en sortir d'estudi, vaig anar al museu. El Quim em va rebre amb una rialla postissa d'orella a orella.

–Bona tarda, Bet! Que véns per veure els minairons?

–Que no va dir que li havien robat el canut?

–M'ho havia semblat. Perdona que et vingués a molestar al col·legi. Estava molt nerviós, comprens?

–Doncs, perdonat, i no en parlem més! Em pot donar una entrada? –Li allargava les monedes.

–Passa, dona, passa. Avui invita la casa.

Em va acompanyar fins a la vitrina dels minairons.

–Saps què devia passar? –em va dir assenyalant el canut–. Doncs que el canut va rodolar tot sol fins a amagar-se sota la pedra del Ras de Conques. No veus que el roc fa una espècie de cova?

–Com és que va rodolar? Que el van fer moure els minairons de dintre, potser?

Ell va forçar una rialla:

–Fóra una bona explicació per a una criatura. Llàstima que tu i jo ja siguem grans i no ens ho puguem creure! Es veu que els passos de la gent damunt de les fustes de terra fan tremolar la vitrina, de manera que el canut entra i surt del seu amagatall. Que ho veus? Fixa-t'hi bé com es mou.

Amb el peu va donar uns quants patacs a la fusta, sobre la qual descansaven dues de les quatre potes de la vitrina. I efectivament, el canut va rodolar cap a la pedra, com si estigués prenyat de minairons.

Abans d'anar-me'n, em va dir que tornés al museu sempre que volgués, que em deixaria entrar de franc. Pobre home, no sabia com disculpar-se. En el fons, em feia una mica de pena: decididament, després de la pèrdua del braç dret, de les dents, de l'amor de la seua vida i del canut dels minairons, no es pot pas dir que fos un home afortunat! Així i tot, ara semblava un home tranquil i feliç. Qui sap, potser la venjança i el rancor que sentia pels minairons li havien portat finalment la felicitat. Vaig deixar el Quim darrere el taulell tot vigilant, com era la seua obligació, el Museu d'Etnologia. Vigilant en realitat, un canut buit de tres mil fantasmes. Pobre Quim, tota la vida havia de ser un somiatruites!

⬥◆⬥

PER LES VACANCES de Setmana Santa va pujar l'Iu. Des que se n'havia anat a Barcelona, m'havia trucat tres vegades. Sempre era ell qui telefonava. El mateix dia d'arribar de Barcelona em va venir a buscar a casa per sortir, però com que plovia una mica, la mare li va dir que entrés. Ens va explicar que el bàsquet li anava molt bé, que jugava de titular al primer equip del Barça, a la categoria de juvenils.

–I els estudis, com et van? –va preguntar la mare.

–Doncs, els estudis, no tan bé –va fer l'Iu. I va canviar de conversa.

L'Iu va dir que havia vingut a casa per veure quin dia quedàvem per anar a esquiar. L'última vegada que m'havia trucat, m'havia dit que acabava de trobar unes botes d'esquí del seu número i que volia aprendre a esquiar. «Doncs jo te n'ensenyaré», m'havia ofert sense pensar-m'hi gaire. Avui doncs, ell, que no havia oblidat el meu oferiment, m'ho venia a recordar.

–Et va bé d'anar-hi demà? –Pel to de la pregunta, es veia que se'n moria de ganes.

La veritat és que, a mi, la proposta no em feia ni fred ni calor.

–A mi, prou –vaig dir–. Però necessitem un

xofer–. I li vaig assenyalar la mare–. Véns, demà, mare, a esquiar a Espot?

Confiava que ens faria aquest favor. El pare de l'Iu també és regidor de l'Ajuntament, del mateix grup municipal. Amb ella, són carn i ungla.

–Us acompanyaré a les pistes. Jo me'n tornaré, que aquests dies amb els tràfecs de les Caramelles, no sé on girar-me de feina.

L'endemà al matí, la mare ens va portar amb el jeep fins al peu del telecadira de Superespot. Ens abocà, amb tots els trastos d'esquí, damunt el gel del pàrquing i se'n tornà com el pet del llamp cap a Esterri. Em vaig quedar tota sola amb l'Iu, que vestit d'aquella manera semblava una altra persona. Entre els guants, les ulleres, els pals i els esquís estava tan atabalat, que si no hagués estat per mi, ja ho hauria deixat córrer tot abans de començar. Amb aquelles botes enormes, que semblaven ortopèdiques, i els esquís a les mans caminava com un invàlid amb crosses.

Un cop vam arribar a la pista de debutants, la feina va ser meua per fer-lo aguantar dret damunt dels esquís. Ara bé, en pic que va haver trobat l'equilibri, en va aprendre molt de pressa. Molt més ràpid del que em podia esperar. Es llençava tot eixarrancat pendent avall i, quan s'embalava massa, mirava de frenar fent angle amb els esquís. Quan no podia frenar, se n'anava de nassos a la neu, tan llarg com era. I jo em pixava de riure. Acostumada a haver de mirar amunt per veure-li els ulls, em feia molta gràcia que es rebolqués als meus peus com un llangardaix enfarinat. Compto que es va fumbre de lloros més de cent vegades. Ell, però, s'aixecava com podia, ple de neu fins a les orelles, i, vinga nois, a provar-ho un altre cop! I jo baixava darrere del gegant, esgargamellant-me:

–Sense por! No et tiris enrere! Fes angle! Doblega els genolls!

No ens vam recordar ni d'anar al bar, ni de menjar-nos l'entrepà. Quan van tancar les pistes, l'Iu no podia dir ni fava.

–N'has après molt de pressa, saps? –li vaig dir al telecadira quan tornàvem.

–És que m'ha tocat una monitora molt bona –va riure ell–. T'has avorrit molt amb mi, Bet?

–De cap manera, home. M'ho he passat de conya!

És curiós, però no li ho vaig dir per compliment. Realment m'havia divertit molt. I això que des que en vaig aprendre, aquella vegada deu ser el dia que menys he esquiat.

⬩◆⬩

COM CADA ANY, aquella Setmana Santa, Esterri va ser un bullici de gent: fills del poble que tornen per les vacances, gavatxos que vénen a pescar, camacus que pugen per respirar, en fi, passavolants de tota mena que s'aturen per veure el museu. Amb tot aquest merder, no podies fer re de bo i només desitjaves que s'acabessin d'una vegada les vacances i que toquessin el dos cap a les seues remaleïdes ciutats. Fins i tot els minairons, ben tancats a dins del canut, notaven l'enrenou de fora. A la nit, quan els aviava perquè prenguessin la fresca, els trobava molt més nerviosos que de costum.

Per fi va arribar el dilluns de Pasqua i es produí la desbandada general dels forasters. Ja des de primera hora del matí, per la carretera del port de la Bonaigua baixava una riuada de cotxes, carregats de paquets i bicicletes fins a la punta de l'antena del radiocasset. Com si a la Vall d'Aran hi hagués hagut una explosió nuclear, o una cosa així. Els hauríeu pogut seguir pel rastre ja que, darrere seu, deixaven a la comarca dues coses ben diferents: els calés a les botigues i establiments del ram, i les escombraries a qualsevol indret on havien aturat el cotxe.

Us sembla que exagero? Que tinc tírria als turistes i tota la pesca? Mireu, una vegada a finals d'estiu, uns excursionistes van arribar a Àreu i van preguntar a un pastor per on s'anava a la pica d'Estats. «No teniu pèrdua», els va dir el vaquer. «Seguiu el rastre d'escombraries i us portarà fins al cim.» Amb això no vull pas dir que els forasters tinguin tota la culpa i que la gent d'ací dalt siguem un model de netedat. Si no embrutem tant com ells, és perquè hem quedat quatre gats i, a més, a l'estiu no pugem al cim de les muntanyes com fan ells. Tant se val, el cas és que, entre uns i altres, les valls del Pirineu semblen contenidors de brossa.

El dilluns de Pasqua, l'últim dia de les vacances, em vaig llevar amb ganes de fer dissabte. Disposada a netejar els contenidors de les valls d'Àneu. Havent esmorzat, vaig treure la bici i vaig enfilar la pista de la vall d'Unarre. Durant una hora i mitja vaig pedalejar costa amunt, fins que, coronat el coll de Campirme, vaig ser al capdamunt del Caubo, un magnífic mirador del pla d'Esterri i de les valls d'Àneu. Vaig traure tot el que portava a la motxilla i en vaig fer una paradeta damunt la gleva. Hi havia una llauna de coca-cola i una de tonyina, una bossa de plàstic, un tros de paper d'alumini, una botella de cervesa i una d'aigua mineral, i un bolquer de criatura. Vaig destapar el canut.

–Què farem, què direm? Què farem, què direm?

–Sabeu què és tot això de terra?

–Una mostra variada de deixalles –va dir una veu molt educada.

–Qui ets tu?

–Sóc el Net, senyoreta. –Era un pèl amanerat.

–Dons, mira, Net, tu t'encarregaràs de coordinar l'operació. Vull que feu una netega general d'escombraries per tot el país que es veu des d'ací dalt. És a dir, des d'Escaló fins a Montgarri, i des d'aquí fins al portarró d'Espot. Ho entens?

–Ho entenc perfectament, senyoreta.

–Vull que porteu tota la brossa escampada que recolliu a l'abocador municipal. És allà baix, veus?, on hi ha una mica de fum. –Li assenyalava cap al fons de la vall.

–Ho veig perfectament, senyoreta.

–Assegura't que tot allò que arreplegueu siguin realment deixalles. Vull dir que les ampolles i les llaunes estiguin buides, i els bolquers, cagats o pixats. A veure si em buidareu bars i botigues!

–Estigui tranquil·la, senyoreta.

Un cop els vaig haver engegat, vaig enfocar els prismàtics cap a l'abocador municipal. D'allà dalt estant, podia ataüllar perfectament com el tarter d'escombraries creixia com un bolet. No van tornar fins al cap de bona estona, quan la pila de deixalles ja aixecava tant com una casa de deu pisos.

–Què farem, què direm? Què farem, què direm? –esbufegaven. Se'ls notava baldats de cansament.

–Aneu-vos-en a descansar dins del canut, que bé us ho heu prou guanyat!

Tot baixant, quan ja havia travessat el poble de Burgo, vaig sentir els esgaldinys de les sirenes dels bombers i de les ambulàncies. «A veure si m'hauran fet un desastre, aquests matalots», em vaig malfiar. I vaig baixar com una exhalació. A l'entrada del poble s'havien aplegat un rogle de curiosos.

–Què ha passat?

–Es veu que un fanàtic s'ha dedicat a llençar canalla à l'abocador d'Esterri. N'hi han trobat mitja dotzena –va dir la vella del Canaleres.

–Pobrissons! Eren criatures de bolquers. Devia ser un boig o un depravat –va fer la mestressa del Palí.

–Hi ha hagut desgràcies? –em vaig esverar.

–Sembla que no. El Jep de Tavella, que és qui primer ha vist els marrecs, els ha trobat jugant tranquil·lament, ben entretinguts fent castells amb llaunotes abonyegades.

–Devien anar escagassats, és clar! –vaig pensar en veu alta.

–Quines coses de dir, nena! –va reganyar la dona–. Enmig d'aquell femer, tant se val que les criatures anessin netes com brutes!

Quan em vaig allunyar del grup, em vaig palpar el canut de la butxaca i vaig mormolar fluixet: «Ostres, Net! Com us heu passat!»

9

—VULL PARLAR AMB TU, Elisabet —va dir la mare amb cara de pocs amics.

Em va fer entrar al seu despatx i em descabdellà un sermó:

—Vinc de l'escola, de parlar amb la teua tutora. La senyoreta Mercè està molt preocupada per tu. No per les notes, és clar, li sembla que dels estudis te'n sortiràs prou bé. Està amoïnada per la teua actitud a la classe. Diu que ets poc sociable, que no tens amigues, que sempre vas a la teua. La senyoreta té raó, Bet. Jo també ho he notat a casa. D'uns mesos ençà, t'has tornat estranya. T'asseus amb nosaltres a taula i sembla que tingues el cap a tres quarts de quinze. I encabat, te'n vas a la teua habitació i no en surts fins a l'hora de sopar. Estàs molt canviada, Bet, no mires mai la tele.

Vaig respirar tranquil·la. Ja m'havia imaginat qui sap què havia descobert.

—Mira, mare, aquí en aquesta casa, cadascú té la seua neura. El pare, el futbol; tu, l'Ajuntament, i jo... –Ostres, per poc me'n vaig de la llengua!

–I tu què, Bet? –va burxar ella.

–No t'ho puc dir, mare. És un secret. Però et juro que tinc milers d'amics.

–Tu el que tens és el cap ple de pardals! Però a la teua edat això és normal, nena. A més, jo reconec que no estic prou per tu, sobretot en aquests moments en què tu em necessites més que mai perquè estàs fent el canvi. –Valga'm Déu, quin sermó! Pitjor que la tutora–. T'estàs convertint en una dona. Un dia d'aquests, a cal Marçalenc, se n'anirà a dormir una nena i s'aixecarà una dona, més jove que la mare. T'imagines, quin miracle de la natura? Bet, m'has de dir el que et passa, el que et preocupa, jo et vull ajudar!

–Que em deixaràs anar a Barcelona a veure un partit de bàsquet? Això és el que més em preocupa ara –li vaig plantificar.

–Ha telefonat l'Iu, oi que sí? –va somriure.

–Divendres de la setmana entrant juguen un partit decisiu contra el Madrid. Si guanyen, queden campions. M'agradaria molt anar-lo a veure.

–Ja veig que, tot d'un plegat, t'agrada molt el bàsquet! –va riure maliciosament.

–Ho tinc tot ben rumiat. Me'n vaig dijous al matí amb el cotxe de línia i així només perdo dos dies d'escola. Divendres vaig al bàsquet, i dissabte torno amb el cotxe dels tiets. Aquell cap de setmana és la Segona Pasqua i... et recordes que van dir que pujarien? M'hi deixaràs anar, oi que sí?

–No sé si me'n puc fiar gaire, de deixar-te marxar sola... Ho consultaré amb ton pare.

–El pare farà el que tu decideixis. Ho saps de sobres, mare.

Ella va dubtar uns moments i encabat va dir:

–Tens raó, mentre no hi hagi calés pel mig. I tu t'has de comprar roba, Bet. Amb aquests cassigalls que portes no pots sortir de casa.

–No cal, mare. Em puc posar la teua roba. Les teues bruses em queden molt bé.

–A veure, posa't dreta.

Es va aixecar de la cadira i es va posar al meu costat. Érem si fa no fa igual d'altes.

–Mare de Déu, com has crescut! Té, vine. –I em va estirar cap al passadís.

Em va acompanyar fins a la seua habitació, va obrir de bat a bat les portes de l'armari i em va oferir tots els seus vestits:

–Tria el que vulguis, que ja els pots lluir millor tu que ta mare!

⬩◆⬩

EL BLAI I LA RUT, els meus cosins de Barcelona, m'esperaven a l'estació d'autobusos. La Rut té vuit anys i és morena com una gitaneta. Mon cosí en té setze, la mateixa edat que l'Iu, però sembla un nen que hagi de fer la primera comunió. A l'escola tot ho trau excel·lents. Si alguna vegada li posen un notable, es fa un tip de bramar.

Mentre el Blai em treia la bossa del portaequipatge de l'autocar, se'm va atansar un noi, tot brut i malfargat, i em va dir si li podia donar vint duros. Em va explicar que era de Saragossa, que son pare s'havia mort i que necessitava diners per agafar el bitllet i anar a l'enterrament. Mentre parlava, la Rut m'anava estirant la camisa. «Pobre xicot», vaig pensar, «quina desgràcia!»

–T'acompanyo en el sentiment, noi. Té. –Li vaig donar tres-centes pessetes, tots els menuts que portava a la butxaca.

–Que ruca que ets! –va dir la Rut, quan se'n va anar el desgraciat–. T'ho has cregut, oi?

–Que vols dir que era mentida?

–És clar, dona. T'ha demanat diners per comprar-se droga.

El Blai també se me'n va riure:

–Si fas cas d'aquests trinxeraires estàs arreglada! Ja pots preparar el moneder perquè abans d'arribar a casa, en trobarem uns quants, d'orfes, que ens demanaran duros. Jo els clisso de seguida!

Tenia raó: pel carrer ens van aturar tres o quatre pidolaires més. L'un deia que feia dos dies que no menjava i es volia comprar un entrepà; l'altre, que s'havia de comprar unes espardenyes; una gitana pidolava una ampolla de llet per al seu fill... Jo vaig fer com els meus cosins, passar de llarg com si no existissin. Ostres, nois, allò més que una ciutat olímpica, sembla la casa de la caritat! S'ha de tenir fetge per circular per aquells carrers!

–Ja t'hi acostumaràs –em van dir els cosins.

Els tiets van estar molt contents de veure'm.

–Ets tota una doneta! –va exclamar la tieta Montse.

Mentre sopàvem, em van explicar que al vespre havia trucat l'Iu, però com que jo encara no havia arribat al pis i ell estava concentrat i no podria telefonar més tard, havia deixat un encàrrec per a mi: que passés a recollir l'entrada a la taquilla número tres, que ell la deixaria dins d'un sobre amb el meu nom. Hi hauria d'anar sola perquè el Blai, en sortir de l'escola, feia informàtica i encabat, el divendres, havia començat un curset d'alemany. La Rut entrava a l'escola de dansa a un quart de sis i no en sortia fins a les set.

⋄◆⋄

L'ENDEMÀ a la tarda, la tieta em va acompanyar a baix al carrer. Mentre esperàvem el taxi, em va fer tot de recomanacions:

–No et fiïs de ningú! No facis el tronera i així que acabi el partit, un taxi i cap a casa! Mira, ja el tenim aquí. –Un taxi s'avorava al xamfrà.

–A Montjuïc. Al Palau Sant Jordi, sisplau –vaig dir al taxista.

Aviat vaig començar a veure estols de joves amb bufandes del Barça i senyeres. Caminaven per la vorera i pel mig del carrer, a bon pas, com si haguessin de fer tard al partit. Va arribar un moment que la gentada de fora avançava més que els cotxes. Llavors vaig fer aturar el taxi, i després de pagar el viatge, em vaig ficar dins d'una multitud que gairebé se m'enduia costa amunt.

No era pas de les més joves, ni de bon tros, i això em feia sentir còmoda. Amb la roba, però, m'havia equivocat de mig a mig. Enlloc de vambes i texans com la majoria, jo anava amb un vestit jaqueta vermell i unes sabates amb dos dits de taló. Tot era de la mare. El vestit em quedava molt bé, sobretot perquè em feia més gran, però aquella pujada no era precisament la millor ocasió per lluir-lo. Vaig arribar al Palau, xopa de suor i amb els peus destrossats.

A la taquilla número tres vaig recollir l'entrada que m'havia deixat l'Iu. Darrere m'havia escrit un missatge: «Perquè has vingut, guanyarem el partit. Gràcies, Bet. En acabar, espera'm davant d'aquesta porta.» Un cop a dins, la visió del públic era tan impressionant, que feia feredat: crits d'ànim per al Barça, aplaudiments, onejar de bufandes i mocadors... Hi havia més gent allí dintre que en tot el Pallars Sobirà, més joves que en tot el Pirineu català, de cap a cap!

Així que va començar el partit, l'Iu va sortir a la pista de joc amb l'equip inicial. Al costat dels seus companys, semblava un xicot normal, ni alt ni baix. Des del principi ja es va veure que fóra un partit d'aquells que, segons deia el meu pare, et fan patir fins a l'últim segon. Vull dir que feia una cistella el Madrid, després empatava el Barça, però no servia de re perquè ells encistellaven de nou i tornaven a anar al davant. Al meu pare li encanta el bàsquet, però si juga el Barça es posa tan nerviós, que de tant en tant tanca la tele i se'n va a donar un tomb pel poble. Més d'un camí em vaig recordar d'ell. La mitja part va acabar amb el resultat de trenta-set a quaranta, a favor dels madrilenys. L'Iu havia fet nou punts; per jugar de pivot no estava gens malament.

La segona part no podia començar pitjor per a nosaltres: en pocs minuts, el Madrid es va posar catorze punts per davant. Encabat, l'Iu i els seus companys van reaccionar, però l'únic que aconseguien era perdre per una diferència de deu punts. Llavors agafava la pilota el Madrid i vinga fer el romancer perquè passés el temps. I nosaltres vinga xiular.

Tal com havia planejat, quan quedaven cinc minuts per acabar el partit vaig abandonar la graderia i em vaig tancar en un vàter del passadís, disposada a fer actuar els minairons. Cinc minuts en bàsquet són cinc minutassos i pot passar de tot. De totes maneres, el partit s'havia posat molt costa amunt i el resultat era molt difícil de remuntar.

–Què farem, què direm? Què farem, què direm?

–Heu vist en alguna ocasió un partit de bàsquet o bé hi heu jugat?

–Mai de la vida! Mai de la vida! –van corejar tots alhora.

–Ja m'ho pensava. Vull parlar amb el Punt! Em sents, Punt? –Havia de cridar, fort, per damunt de l'avalot i la xiuladissa que se sentia a fora.

–A les teues ordres, Bet! –va respondre una veu robusta.

–Tu tampoc no saps què coi és això del bàsquet?

–Com vols que el conegui si hem estat molt temps sense sortir del canut! Deu ser un esport d'aquests moderns, oi?

–Escolta'm bé, que ara no puc perdre temps en gaires explicacions. Aquí a fora, a l'altre costat d'aquestes quatre antostes, hi ha una plaça plena de gent pels costats. Al mig, dues colles de pallargues s'esbatussen per una pilota, els uns van vestits de blanc i els altres de color blau i granatós. Cada grup lluita només per aconseguir una cosa: ficar la pilota en una mena de panera rodona, que té el cul foradat i que penja d'un tauler de vidre. Vosaltres us fixeu primer en la panera cap on tiren pilotes els blancs. Us parapeteu a l'entrada –ja veureu que hi ha un cèrcol de ferro– i no deixeu que hi passi cap pilota. D'acord?

–Entesos, Bet! Pots estar tranquil·la, que no se'n colarà ni una!

–Tu ets el responsable, Punt! Quedeu-vos a la cistella fins que s'acabi el partit, és a dir, fins que vegis que la gent comença a tocar el dos de la plaça. I apa, som-hi, que el rellotge corre. Si badem, ja no hi haurà res a pelar!

Al moment em vaig quedar sola. M'hauria agradat sortir a la graderia per veure actuar els meus defenses, però era massa arriscat. Vaig preferir romadre amagada i seguir la retransmissió des del meu centre de control, situat en un lavabo de dones. Em vaig posar els auriculars i vaig engegar el transistor. Ja veieu que havia pensat en tot.

...Castellarnau ha transformat el primer tir lliure i es disposa a llançar el segon. El jugador d'Esterri està fent un partit sensacional, amb una efectivitat del cent per cent en els llançaments lliures.

–Vinca, Iu! Ànim –aplaudia jo, asseguda a la tassa del vàter.

Fa botar la pilota, mira la cistella, llança i bàs... O no, ferro!

–Ostres! Vols-te jugar que els minairons s'han confós de cistella? –M'estirava els cabells de pensar-ho.

Rebot per al Madrid. Gutiérrez congela la pilota. Resten tres minuts i mig de joc real, i els blancs guanyen de tretze. Continua el pivot madrileny. Envia cap a Cid. Cid fa una finta i envia a Artillero. Atenció, el perillós aler llança des d'una posició immillorable i... falla! Increïble, senyores i senyors, però sembla com si la pilota hagués sortit de dins de la cistella. Pilota per al Barça. Vinga, nois, que encara no està tot perdut! Castellarnau a Piquer. Piquer a Andreu. Andreu fa botar la pilota i envia a Ribera. Ribera llança a la cistella i... esmaixa Castells! Quina esmaixada de Josep Castells, senyores i senyors!!

Em vaig tranquil·litzar una mica. No gaire, ja que els segons passaven volant i quedava molt poc temps. Una jugada semblant a la que acabeu d'escoltar es va repetir tres o quatre vegades. És a dir, el Madrid, després de fer el romancer amb la pilota, llançava a cistella i fallava. Recollia el rebot el Barça, generalment l'Iu –Castellarnau com li deia el locutor–, i acabava fent bàsquet qualsevol altre jugador. Així i tot, la remuntada era massa lenta.

...malament rai, senyores i senyors! Podem dir que ja està tot dat i beneït: queden tot just tres segons i el Barça perd de dos punts. Per postres, el Madrid disposa de dos tirs lliures. Atenció, perquè l'auxiliar de taula consulta amb l'àrbitre principal. Fa estona que hi ha protestes a la

banqueta madridista. No sé pas de què es queixen, sempre busquen borina, aquesta gent! Doncs, sí senyors, sembla increïble, oi? Doncs, volen que l'àrbitre examini la cistella! És clar, porten un parcial d'onze a zero i fa prop de quatre minuts que no han fet ni un sol punt! El que han de fer és afinar la punteria! El mateix Artillero agafa l'àrbitre per la cintura i l'aixeca a pols fins a la cistella. La xiuladissa que el públic els dedica és ensordidora. L'àrbitre palpa el cèrcol, la xarxa... Bé, sembla que no hi troba re d'estrany. I és clar, què hi ha d'haver? Un vidre perquè no passin les pilotes? Quina barra que tenen! Com que pràcticament tenen el partit guanyat, ara ens volen fer la punyeta. Atenció, que el partit és a punt d'acabar. Artillero fa botar la pilota, tira i... falla! Es torna a preparar per al segon llançament, mira la cistella, tira amb la dreta i... rebota! Dos segons, un... Castellarnau llança i... bàsquet! Increïble! Extraordinari! A l'últim segon, Castellarnau ha llançat des de sota la seua cistella i ha fet bàsquet a l'altre cantó de camp! Una cistella de tres punts que significa la victòria del Barça! Castellarnau, t'estimooo!!!

Em vaig traure els auriculars, perquè entre la cridòria de fora i els brams del locutor, que jurava que mai no havia vist una cistella tan sensacional, ja estava ben eixordada. Llavors sí vaig fer un riu ben llarg, que ja feia estona que m'aguantava. Els minairons no van trigar gaire:

–Què farem, què direm? Què farem, què direm?

–Bona feina, xiquets! –els vaig felicitar.

–Gràcies, Bet! –va dir el Punt.

–Escolta, Punt. Que us ha esgarrapat l'àrbitre, quan s'ha enfilat a la cistella?

–Ca! Quan hem vist que pujava aquell borinot, hem sortit volant fins a les bigues del llosat.

–Del llosat, dius? Ah, és clar la coberta del Palau. Doncs heu fet una defensa fenomenal!

–I per l'atac, que no ens felicites? Que et penses que s'ha fet sola la cistella final?

–No em diràs que també hi heu col·laborat?

–Doncs, és clar que sí, dona! A l'últim tir a cistella ens hem empegat tots a la pilota i, després de fer-la botar en unes mans, hem sortit volant cap a la cistella contrària.

–Gràcies, nois! Me'n recordaré sempre, d'aquesta jugada. Us prometo que per paga, us faré treballar de valent.

–Què farem, què direm? Què farem, què direm? –van demanar de nou.

–Per avui, ja n'hi ha prou. Fiqueu-vos al canut.

Vaig tancar el canut tota satisfeta, el vaig ficar dins del bolígraf i aquest dins de la bossa, amb el transistor, el moneder i quatre foteses més. Poc em podia imaginar llavors el greu contratemps que m'esperava a fora al carrer.

—OSTRES, NENA, quina elegància! Amb aquest vestit, no t'havia conegut. —Era l'Iu, que ja s'havia dutxat i canviat de roba.

—Felicitats, noi! Has sigut l'estrella del partit.

—Hem tingut molta sort. Ens ha sortit un matx rodó —va reconèixer—. Mira, Bet, m'acabo d'esconillar del vestidor per veure't un moment. D'aquí a mitja hora he de tornar, perquè la directiva ens convida a un sopar per celebrar-ho. Vols que caminem una mica? Aquí a sota mateix hi ha un bar i podríem prendre alguna cosa.

—Jo tampoc no tinc gaire temps. Ja saps com són els tiets, pitjor que els pares...

Mentre baixàvem per l'avinguda, no vam dir gran cosa. Ell caminava a bon pas, com si tingués pressa per arribar, i jo treballs de seguir-lo. Tenia els peus adolorits, les sabates m'encetaven la pell del taló. Ens vam asseure a la terrassa d'un bar. No hi havia gaire gent, parelles més que re.

—L'última cistella ha sigut fenomenal! Com t'ho has fet, per encistellar des de tan lluny? Ha sigut de xamba, oi?

—De xamba re, nena! —va protestar—. Hem entrenat molt durament aquesta setmana, ens mereixíem guanyar, avui!

—De totes maneres, has de reconèixer que si jo no hagués baixat d'Esterri, les coses no us haurien sortit tan bé.

Ell va riure de forma exagerada:

–És clar, Bet. Sort n'hem tingut, de tu!

Va agafar el seu vas, se l'atansà a la boca i va fer un glopet molt curt. Encabat, mentre mirava cap a les estrelles, va aixecar el braç i la seua mà va fer una voladeta fins a posar-se damunt la meua. Jo no gosava dir re, ni mirar-li la cara. De reüll, veia els seus dits llargs com espàrrecs de llauna arquejats damunt dels meus. Pel palmell de la mà sentia la fredor de la taula, pel dors notava l'escalforeta d'una manassa de gegant, i unes pessigolles a l'esquena... D'un bot em vaig aixecar de la cadira.

–M'han estirat la bossa!! Mira, allà, allà! –A l'altre extrem de la terrassa, un xiquet corria amb la meua bossa a les mans–. Corre, Iu, atrapa'l!! –vaig bramar.

Li va costar de reaccionar. Finalment, es va aixecar i va córrer com un llamp darrere el lladregot. Va tornar de seguida amb les mans buides.

–No l'he pogut atrapar. L'esperava un altre amb la moto darrere d'aquells arbres.

–Ostres, m'ho han pres tot! –plorava de ràbia.

–Hi portaves gaires calés?

–De diners, pocs. El transistor, el carnet i... Tot s'ha acabat, Iu! –somicava a llàgrima viva.

–Tranquil·litza't, Bet! No n'hi ha per tant, dona. Què és el que s'ha acabat?

–Tu no ho pots entendre, Iu. M'ho han pres tot!

–Tot, no, Bet –va dir ell des d'allà dalt. I balbucejà–: Em tens a mi...

Vaig aixecar el cap per mirar-li la cara i, tot i ser de nit, li vaig poder veure els ulls: l'Iu tenia els ulls del color de la mel.

10

EL VIATGE DE TORNADA a Esterri, amb el cotxe dels tiets, va ser una autèntica odissea. Durant tot el matí, la tieta havia anat de bòlit endreçant el pis i fent bosses i paquets. Havent dinat, després d'ajudar-la a escurar els plats i a fregar la cuina, vaig agafar el meu maletí i vaig baixar al carrer. El tiet Jordi havia aparcat el cotxe en doble fila davant de la porta. No se li veia el cap. Havia aixecat el capot i estava abocat al motor, com si se l'estigués menjant un cocodril escuat, o un monstre per l'estil. Vaig deixar el maletí damunt de la vorera, al costat de dues maletes, tres motxilles, quatre garrafes buides i vint-i-cinc bosses de plàstic d'aquestes que et donen als hipermercats. Ni el famós aventurer Cook, quan va sortir l'any 1907 cap al pol nord, no traginava tant equipatge!

–Que et puc ajudar, tiet?

–Ja estic, Bet. Dos segons.

Vaig anar a veure què coi trastejava per allà dintre. Encara no havia fet tres passes que em vaig adonar que un home travessava el carrer i s'atansava corrent cap a nosaltres. Sense pensar-m'hi gaire, vaig girar cua cap a la vorera i em vaig afuar cap al meu maletí.

–No tingues por, dona, que no te'l prendré! –va cridar el foraster–. Que saps si és per aquí, el passatge de la Farigola? –No parlava barceloní i anava molt xollat, devia fer el servei militar.

–No ho sé... No sóc de Barcelona –vaig mormolar, avergonyida. El maletí em cremava a les mans, no m'havia atrevit a tornar-lo a terra.

–No m'ho crec, nena! Tens unes reaccions ben típiques de la gent de can Fanga!

–És aquí mateix, jove –li va indicar el tiet, fregant-se les mans amb un drap–. Dues travessies més amunt i després a l'esquerra.

Quan el xicot es va colar per la cantonada, el tiet em va dir tot rient:

–Sembla que ahir al vespre et vas escarmentar. Ja es veu que has après de seguida la lliçó. No et pots fiar de ningú, a la ciutat...

–Em sap greu, tiet. El noi només em volia preguntar per un carrer.

–No ho saps, nena. Potser t'ho ha dit perquè no ha arribat a temps de xoriçar-te la maleta.

–Vols dir, tiet?

–Era un manguis, Bet. Aquests, els calo de seguit, jo.

Llavors es va obrir la porta del carrer i va aparèixer una taula plegable, seguida de la tieta, amb un parell de bosses rebotides a cada mà.

–Vinga, Montse, afanya't! Llença les escombraries i dóna'm un cop de mà amb tot això!

–No són escombraries –va corregir ella–. Ens havíen descuidat els anoracs.

–Però, Montse! Com vols que l'hi faci cabre, tot aquest embalum?

–Jooordi! –va fer la tieta arrossegant la primera síl·laba com si passés una baieta pel menjador–. Ens n'anem tres dies al Pirineu. No a la platja. I allà dalt, no ens hi podem pas presentar amb una sabata i una espardenya.

–I els teus fills, que no baixen?

–Ja vénen, home. Les bicicletes no cabien a l'ascensor.

–Ah, no!! De cap manera, Montserrat!! –xisclà el tiet Jordi–. Ja els pots anar a dir que les tornin a dalt ara mateix!!

–No et facis mala sang, pare, que tot hi cabrà.

◆◆◆

I TANT, si hi va cabre! I tot gràcies a les traces i manyes del tiet, que va lligar les bicicletes amb les rodes panxa al cel una a cada costat de baca, de forma que entremig hi va poder encabir un futral de bosses i paquets, que va cobrir amb un hule de flors. És increïble la quantitat de coses que el tiet pot encabir dins del seu Retroski, una marca molt estranya que fabrica no recordo quin país excomunista!

En realitat, en aquell moment el problema era un altre: resulta que el nostre cotxe no cabia als carrers de Barcelona. Feia mitja hora que havíem sortit de davant de casa i l'únic que havíem aconseguit era girar la cantonada i afegir-nos a una processó de cotxes i autocars. Entretant, a dintre del cotxe, els altaveus del casset deixaven anar amb desgana una música tèrbola, embrutada pels roncs dels motors i per les protestes dels clàxons. A les vidrieres d'un banc, va aparèixer un monstre, amb el cap de la tieta i el meu a la seua panxa. Érem nosaltres, la família Comas de Barcelona i la seua neboda d'Esterri. Al mig de la corrua, el nostre cotxe semblava un animal estrany: un rèptil monstruós de pell llefiscosa, amb dos parells de banyes rodones que li sortien d'una esquena florida.

–Quin embolat! No entenc re! –s'impacientava la tieta i estirava, una vegada més, el coll per la finestreta–. Deu haver passat un accident.

–L'accident de cada cap de setmana, multiplicat per cent! –esbufegà el tiet Jordi–. Es veu que avui tota la ciutat en pes hem decidit de sortir a la mateixa hora!

–Té, posa aquesta cinta. –El Blai va allargar una casset a son pare i ell es girà un instant cap al seient del darrerre.

–On l'has gravada, Blai?

–Piiip!! Piiip!!! –va protestar un Golf que feia estona que teníem enganxat al para-xocs del darrere. Abocat a la finestreta, el conductor bramava con un energumen–: Tira endavant, cap de ruc!!

El tiet es va girar cap al volant. Amb la mà dreta va posar la primera per avançar un metre, mentre agitava per la finestreta el puny de la mà esquerra, amb els dits índex i petit estirats:

–*Capullo*! Sidós! –va renegar el tiet.

Llavors els ulls del Golf van llampeguejar flaixos de llum, com un monstre dels dibuixos animats.

–Tenen un morro que se'l trepitgen, tots aquests paios del Golf! –es va solidaritzar el Blai.

–No li'n facis cas, pare –va fer la tieta–. Demostra-li que ets més ben educat!

Mitja hora més tard, tot continuava si fa no fa de la mateixa manera.

–Això dels embussos, no ho he entès mai! –es desesperava la tieta en veure que, per més verds que caiguessin al semàfor, la rècula de cotxes continuava aturada–. Diuen que la sortida de la ciutat és com un coll d'ampolla. D'acord. Però si omples una botella d'aigua, per més estret que tingui el coll, l'aigua anirà avançant cap a la sortida. Nosaltres, en canvi, fa més d'una hora que no ens movem de lloc. Que em pengin si ho entenc...

–Doncs mira que és ben fàcil d'entendre, mare! –va dir el Blai–. Resulta que nosaltres no volem entrar a l'ampolla, sinó sortir-ne.

–Tant se val! És el mateix, no?

–No, mare, no és pas el mateix –va contestar el Blai. El cosinet volia recordar-nos que a l'escola ho treu tot excel·lents–. Fixa-t'hi, mare: si omples ben plena d'aigua una ampolla que tingui el coll molt estret, i encabat l'aboques cap per avall, no en sortirà ni una gota!

–Ah, no? I per què, maco, si es pot saber? –el desafià sa mare.

–Doncs perquè la pressió de fora no la deixa sortir. La pressió de l'aire és com un tap invisible.

–Au, vinga, home!

–És cert, tieta. El Blai té raó –m'havia decidit a ficar-hi cullerada–. Fixa't en una ampolleta de perfum. Perquè en surtin gotes de colònia, has de sacsejar l'ampolleta posant-la cap per avall.

–Deixeu-ho córrer, nens! –va tallar el tiet–. La física no ha estat mai el punt fort de la mare...

–No cridis gaire –saltà la tieta–, que tu vas haver de repetir quart.

–Sisplau, Montserrat! –va rondinar fluixet l'oncle Jordi. I va fer un gest amb el cap, com volent dir: no ens discutim, que els nens són aquí al darrere.

El silenci va durar tan poc com el verd del semàfor. Quan tornà a pujar el vermell, sense que el nostre cotxe hagués avançat ni un centímetre, el tiet perdé la paciència:

–Si haguéssim sortit mitja hora abans, tal i

com havíem planejat, ara no ens trobaríem enmig d'aquest merder!

–Tu, aviat ho tens arreglat! –es defensà la tieta–. Has arribat a casa a migdia i has trobat el dinar a punt i la taula parada. Si en lloc d'escarxofar-te al sofà i fer la becaina, ens haguessis ajudat, a la Bet i a mi, a fregar els plats, hauríem pogut sortir més d'hora.

–Mira, Montse, m'he aixecat a punta de dia, ja ho saps. I saps també que per conduir vull tenir el cap ben clar.

–I tu què et penses? Jo no he pas parat en tot el matí. Encara tu no eres al carrer que jo saltava del llit i passava la baieta...

–No podeu discutir més fluix! –van protestar plegats el Blai i la Rut–. Volem sentir la casset!

–Sí, nois, sí! –va dir el tiet–. Val més que callem i escoltem música.

Un ritme trepidant es va ensenyorir del cotxe. A fora tot continuava igual, si fa no fa. Al davant, un Citroën allargassat es gronxava com una barcassa. Al darrere, un descapotable esportiu enganxat al para-xocs del nostre cotxe. A l'esquerra, la paret blava d'un autocar, i a la dreta, al meu costat, el Golf impacient que abans teníem al darrere. El conductor era un xicot atractiu i elegant, però, darrere les ulleres de sol, s'endevinava una cara de mala llet. Anava amb mànigues de camisa, amb el darrer botó del coll descordat perquè no l'escanyés el nus de la corbata. De primer em va semblar que remugava tot sol alguna cosa; encabat, però, em vaig adonar que amb la mà esquerra aguantava l'auricular d'un telèfon. Només ho havia vist a les pel·lícules de la tele.

–Ostres, ho has vist? –vaig dir fluixet al Blai–. Un cotxe amb telèfon.

–Segur que és de mentida –va fer ell–. Fa cara de xulo. Vol fardar fent veure que telefona, ho fa per lligar amb les ties. Mola cantiduvi, el telèfon!

–Vols dir? Amb qui vols que lligui, ara, amb aquesta cua?

–Se't vol lligar a tu, Bet –va dir la Rut.

Me'l vaig mirar altre cop en el moment en què encenia un cigarret, i em va semblar que el xicot tenia el mateix clatell que el lladre que m'havia pres la bossa amb el canut a dintre. Durant tot el viatge no em vaig poder traure els minairons del cap. No sé per què, m'havia fet la il·lusió que quan arribaria a casa, em trobaria el canut damunt la tauleta de nit, com si no hagués passat re.

♦◆♦

VAIG OBRIR ELS ULLS, després de pesar figues qui sap els quilòmetres. Vaig mirar el rellotge: dos quarts de deu de la nit. Somiava que estava tancada al lavabo fent un riu i, no sé per què, m'havia tret els texans. De cop, una mà apareixia per sota la porta i m'estirava els pantalons.

Llavors jo sortia mig despullada del vàter –amb la brusa per sobre les calces– i cridava tota esverada: «Corre, Iu, corre! Agafa'l, que m'ha pres el canut dels minairons!» De seguida l'Iu sortia de no sé on, vestit amb l'uniforme del Barça, i, amb quatre camades, recuperava els meus pantalons. Però, en lloc de tornar-me'ls, agafava el canut i el llençava per la reixa d'una claveguera. Encabat, feia una pilota amb els meus texans, la centrava a un company seu d'equip i aquest a un altre, com si juguessin a bàsquet. De tant en tant, em miraven a mi, que m'estirava la brusa cap avall tant com podia perquè em cobrís les cuixes, i tots s'esclafien de riure. I jo no sabia si reien pel que l'Iu havia fet amb el canut o perquè em veien amb calces.

Mentrestant s'havia fet de nit. Ara ens enfilàvem carretera amunt per les giragonses d'un port de muntanya. Els fars del cotxe anaven escombrant la foscor, des de l'asfalt cap als pins de la vora. La nit es tornava a tancar al darrere, com si el nostre cotxe fos el passador d'una tortuosa cremallera. Ningú no deia re. Tan sols se sentien els roncs del motor, que esbufegava costa amunt.

Per fi, després de molt trastejar, la tieta va poder sintonitzar bé una emissora qualsevol.

–No entenc re! –va rondinar el tiet–. Aquesta gent d'aquí dalt tenen una forma de parlar ben estranya.

–Era un anunci publicitari dirigit a la gent de

muntanya –li vaig explicar–. És normal que els de ciutat no sapigueu què s'estrolica. Deia que...

–Calla –em tallà la tieta–. A veure què diu ara.

Esteu sintonisant Ràdio Malpui, lo bram de la Comella. Mil potxons per paga d'escolta-mos!!

El locutor enraonava amb un accent que m'era molt familiar.

I després d'aguet «Rock del restoll» que mos han oferit Les Goiates d'Herba-savina, continuem amb les anuncis d'animals. Antes hem sentit les bels d'una cabra i els escatainejos d'una gallina, que voliven canviar d'amo. Escoltem ara els nyaupits d'un gos de Manyanet...

–Mare, aquí dalt, les bèsties encara parlen? –va preguntar la Rut.

–Calla!

A la ràdio lladrava un gos, suau com si parlés.

Em dic Moret. Sóc un gos d'atura amb experiència i m'oferisso pra guardar un ramat d'auvelles. Cabres, preferisso que no. Entenc les ordres del pastor en català, en espanyol i en anglès. Imposo autoritat i no em deixo penre el pèl per cap auvella ni marrà. Sóc rigorós, responsable i exigent en el compliment del meu deure. Si conví, mossego una mica a la pota pra imposar respecte, pro mai no hai escoixat ni un sol cap de bestiar. Vai guanyar lo segon prèmit al Concurs de Gossos d'Atura celebrat l'any passat a Llavorsí. Les pastors interessats podeu escriure –si en sabeu, és clar!– a AGAP (Associació de Gossos Aturats del Pirineu). Casa la Pleta, 25999. Manyanet. No tenim telèfon ni fax.

–Pare, per què no hi escrius? –va pidolar la Rut–. El podem llogar nosaltres...

–Deixa't de romanços! Que no veus que ens volen pendre el número? –El tiet mirava de captar una altra emissora.

–És broma, Rut –va dir sa mare–. Ho fan per fer riure.

–Si portessin sis hores al volant com jo, no estarien tant de conya! Que els deixin en pau, els pobres animals!

Tres segons més tard, la tieta xisclà:

–Frena!!!

La Rut, el Blai i jo ens en vam anar de morros al respatller dels seients del davant. Un xiscle dels pneumàtics i el cotxe quedà clavat, a dos pams d'una mena de bony marronós.

–Ostres, quina roca! –va esbufegar la tieta després de l'esglai.

–Que no veus que és una vaca! –s'emprenyà el tiet–. Ja és tenir pebrots, això! Corre, Montse, surt a espantar-la.

Efectivament, ajaguda de cap a cap de la carretera, una vaca parpellejava davants dels fars, sense deixar de remugar. Al seu costat, la tieta cridava i gesticulava amenaçant-la amb els braços: «Vaca! Vaca!!» L'animal, però, no s'immutava, com si sentís ploure. Ni tan sols es prenia la molèstia de mirar-nos: ara mateix semblava que guaités la lluna.

–Mastega xiclet, us hi heu fixat? –va observar la Rut.

–Sembla que no ens vegi –s'estranyava el tiet–. Potser és cega com la vaca de Verdaguer.

–De Maragall, pare –corregí el Blai–. *La vaca cega* és de Maragall.

–Sortiu tots a espantar-la! –va manar el tiet.

Moments més tard, pares, fills i cosina, en un acte de solidaritat sense precedents, fèiem mans i mànigues per traure aquell obstacle del camí, en la nostra odissea cap al Pirineu. La tieta continuava bracejant cada cop amb més resignació; la Rut li estirava la cua; el Blai li empenyia l'esquena com si volgués moure una roca, i jo li vaig donar una puntada a les anques, però em vaig fer més mal jo que la vaca. Des de dins del cotxe, el tiet feia canvis de llum, tocava el clàxon, burxava fins a gratar amb el para-xocs la pell de l'animal. Però, re de re: la vaca continuava mastegant, sense demostrar la més mínima intenció de canviar de lloc. Finalment, el tiet va baixar del cotxe traient foc pels queixals:

–Quina mala llet! Només ens faltava una vaca, a aquestes hores de la nit!

–No hi ha res a fer, haurem d'esperar ajuda –va sospirar la tieta–. Avui tenim la negra. Amb tants cotxes que han sortit aquesta tarda de Barcelona!

–Pare, podríem torejar-la –se li acudí de cop a la Rut.

–Doncs... potser no és tan mala idea. –El tiet s'ho rumiava.

–És perillós, pare –va advertir la tieta.

–Portem alguna peça de roba de color vermell? –va insistir ell.

–El meu anorac –vaig dir. Ho trobava realment divertit–. Qui sap on deu parar...

–Doncs, ja els pots anar a buscar –m'ordenà el tiet–. Dóna-li un cop de mà, mare!

–El trobaràs al darrere, Bet. Dintre d'una bossa verda –m'orientà la tieta–. Jo buscaré una cinta de pasdobles. Segur que amb aquesta música farà més efecte.

Poc després, tot estava preparat per començar la funció. La tieta s'assegué al volant, engegà el motor i va encendre els llums. Amb les rodes de les bicicletes al sostre, el cotxe semblava un moltó fabulós de banyes rodones, disposat a envestir la vaca. Els primers compassos del pasdoble van engrescar la Rut i el Blai. «*Olé! Olé!*», van corejar picant de mans. Entretant, el tiet exhibia l'anorac, a tall de capa de torero, davant dels morros de la vaca. La bestiota, però, continuava passant de tot.

–Un cotxe! Un cotxe! –vaig cridar. Acabava de veure uns llums que s'atansaven en direcció contrària a nosaltres.

–Sembla un jeep –va endevinar el tiet.

–Estem salvats! Estem salvats! –Els cosinets aplaudien saltant d'alegria.

El Land-Rover es va aturar un parell de metres a l'altre costat de la vaca. El tiet, encara sota els efectes de la sorpresa, no sabia què fer de l'anorac. Per fi, el va llençar a la cuneta. Va saltar del jeep un home amb un bastó i es va dirigir amb gest amenaçador cap al tiet Jordi. El tiet saltà per damunt l'esquena de l'animal i es refugià a l'altre costat de vaca, com darrere una trinxera.

–Ah reïres, camacus! –va amenaçar el del jeep–. Què us heu pensat, que això és una plaça de toros...?

–Això és una carretera, senyor pagès, i tots tenim el dret de circular-hi! –va respondre sense embuts el tiet.

–Això també és una cabanera! Fa cents d'anys que el bestiar té tots els drets per passar-hi.

–D'acord, senyor, no us ho neguem pas! Però, per la mort de Déu, nosaltres paguem impostos i també tenim dret de circular-hi. Tallar el trànsit d'aquesta manera està prohibit.

–Si hi hagués un guàrdia, ja l'espavilaria, ja! –va fer la tieta.

–I vosaltres, no us atureu mai, oi, al mig del camí? –L'home del bastó cada cop es sulfurava més–. Pixapins, més que pixapins!! Sou encara més bèsties que la vaca.

–Deixa'l estar, Jordi –va mormolar la tieta–.

Que no veus que és un isidro, un pobre ignorant?

Llavors el tiet ens va fer entrar a tots dins del cotxe. A fora, el foraster va donar un cop de bastó, suau i afectuós, a l'esquena de la vaca. L'animal va aixecar els ulls cap al seu amo. Encabat, va desencongir les potes del davant, amb tota la parsimònia del món, i va tirar el coll enrere per agafar impuls. Li calia donar un bon cop de coll per aixecar els quatre-cents quilos que devia pesar tota la baluerna del seu cos.

11

QUAN VAM ARRIBAR a Esterri, passada la mitjanit, em vaig trobar amb l'agradable sorpresa de dues bones notícies. Ambdues tan esperades, que si ara em demanéssiu que us expliqués, en primer lloc, la que em va donar menys alegria, no sabria pas per quina començar. Us les conto, doncs, en el mateix ordre en què jo les vaig rebre. Us recordeu del Sayk? Segur que més d'una vegada ja us havíeu preguntat: «Què se n'ha fet, d'aquell xicot negre tan simpàtic? Quina fresca, aquesta Bet!: d'ençà del tercer capítol que no ens n'ha dit re més!»

No us embaleu. En primer lloc, heu de saber que si la Bet fins ara no us havia tornat a parlar del Sayk, era per la senzilla raó que ella en sabia el mateix que vosaltres. Ni la més remota idea d'on coi podia haver anat a raure. Finalment, però, aquella nit la mare em donava una carta d'ell i em demanava que, si no em feia re, l'obrís i la llegís allí mateix. Que ella també esperava amb candeletes notícies d'aquell xicot de Gàmbia que va ser rei una nit d'hivern. La carta, que venia d'Itàlia, feia ja un parell de mesos que el Sayk l'havia escrita. Amb el seu anglès tan peculiar, em contava que a la primera escala que va fer el vaixell que el tornava al seu país, es va escapar altra vegada cap a Europa. Que havia fet cap a Itàlia, on havia conegut un noi –també fugitiu de Gàmbia– que tenia molta traça a pintar imatges religioses. Entre tots dos, havien format una mena de societat: l'un feia d'artista i l'altre de venedor. El Sayk es guanyava molt bé la vida venent, a les portes del Vaticà, estampes de marededéus, d'angelets i de papes negres, pintats damunt de pedaços de pell de camell. Deia també que sovint es recordava del seu «breu regnat d'Esterri» i que els dies dolents, quan no hi havia forma de vendre cap estampa, es posava nostàlgic i recitava fragments sencers del discurs de la Cavalcada. Finalment, em feia una confessió que mai no m'hauria esperat d'ell: «Cada dia estic més convençut que la vostra religió és la vertadera. Em vull fer batejar i després vull ser sacerdot.»

–Em faig ben contenta que li hagi anat tan bé! –va dir la mare–. T'imagines, Bet, que un dia el Sayk arribá a cardenal i encabat a papa? Doncs, no te n'estranyis, pensa que fins avui encara no n'hi ha hagut cap, de papa negre!

–I el Sayk és prou intel·ligent per arribar a papa, si s'ho proposa! –vaig confirmar.

–Quan ho sigui, et prometo que farem un

viatge a Roma per rebre la seua benedicció. –I vam esclafir com dues beneites.

En observar el sobre –rebregat, brut i ple de gargots i de mata-segells de correus–, vaig comprendre el retard de la carta. L'adreça originària era tan increïblement breu –i falsa–, que semblava mentida que la carta hagués pogut arribar fins a mi. Fixeu-vos què deia: «Vet, Estari, Espagna.» Tirant curt, mitja dotzena de carters del país havien grapejat el sobre. Es veu que els funcionaris havien anat de bòlit per endevinar el poble del destinatari, i per això se l'havien passat de l'un a l'altre com una pilota de bàsquet. Sota unes ditades greixoses, preguntava un: «¿Será Estepa (Sevilla)?» «Desconozido en Estepa», contestava un altre, i afegia: «¿Será Etxauri (Navarra)?» I així fins a cinc o sis pobles més d'aquest coi de país, de manera que el sobre estava més guixat que la porta d'un vàter. Finalment, un funcionari espavilat havia intuït: «¿Será Esterri d'Àneu?» I és clar, que l'era! I com que sóc l'única Bet del poble i el carter em coneix, va dur la carta a casa.

–Amb aquesta adreça tan orca, és un miracle que la carta hagi arribat –vaig comentar.

–Ja tens raó, ja! –va exclamar la mare–. Un miracle! Te n'adones, Bet, que el Sayk arribarà lluny? Ja ha fet el primer miracle!

⬩◆⬩

DÉU N'HI DO si n'era, de bona, també, l'altra notícia: a migdia havia telefonat a casa una senyora de Barcelona preguntant pel meu nom i explicant que havia trobat la meua cartera, tirada a l'entrada de casa seua. Sense diners, és clar, però amb els meus carnets i altres documents i fotos personals. La dona, molt amable, s'havia ofert a enviar-m'ho tot de seguida per correu certificat.

–I no t'ha dit si havia trobat re més? –vaig preguntar a la mare, tota engrescada.

–Què més et van prendre?

–Doncs, la bossa, un transistor, un mocadoret que tu m'havies deixat, un turbant... –No li vaig dir re del bolígraf groc, que, com podeu suposar, era el que més m'importava de recuperar.

–Tot això ja ho pots oferir, Bet, que no ho veuràs més! –va sentenciar.

–Que t'ha donat el seu número de telèfon, aquesta senyora? –vaig insistir encara, amb l'esperança de poder indagar alguna cosa més.

–No. No calia pas. M'ha promès que t'ho enviaria tan aviat com pogués.

–Ostres!

–Que no estàs contenta, Bet?

–Sí, mare, molt contenta –vaig mentir.

Bona part de la il·lusió que m'havia fet al principi se n'anava en orris. Ara només calia esperar el paquet de Barcelona. Qui sap, potser la senyora s'havia descuidat d'esmentar el bolígraf i el rebria junt amb la cartera.

AQUELLS DIES DE FESTA amb els tiets i cosins de Barcelona es van fer interminables. Per més inri, a mi em van encolomar el Blai, el xiquet més cregut i ensopit que s'hagi vist mai sota la capa del cel.

–Presenta-li les teues amigues –m'havia dit la mare.

–Amigues? Quines amigues? –li hauria hagut de contestar.

El vaig portar al museu i vam jugar una estona amb les maquinetes del Paller, els *menjacocos,* que deia ell. Ostres, si en jugava, de fi, el cabronet! Es veu que en aquesta mena de jocs de pantalleta hi té la mà trencada. Si, per exemple, triàvem el joc de les Encantades de Castanesa, i ell feia de bugadera i jo d'hereu Francès, no hi havia manera de prendre-li cap peça de roba. Canviàvem els papers, i ell, en un moment, ja m'estirava una tovallola. No li vaig poder guanyar ni una sola partida.

–Aquí dalt a la muntanya no hi enteneu, d'ordinadors –va presumir el senyoret–. Només sabeu jugar a tirar-vos pedres al cap.

–De totes maneres, tu molta pantalleta, però aquí dalt ets un camacu ridícul –li vaig escopir.

–Jo no t'he insultat, Bet...

–Ser camacu no és cap insult, home. És la manera de comportar-vos que teniu els de ciutat quan sortiu al camp.

–Doncs, jo no en sóc, de camacu. No m'ho pots pas demostrar.

–Ah, no? Vols fer la prova?

Li vaig explicar que un grup de la colla de vuitè examinaven els nens i nenes forasters amb el Test del Camacu. Que la prova era voluntària, i que si ell se'n sortia de forma satisfactòria, li farien un certificat i mai més ningú no li podria dir camacu. Tractant-se d'un examen, el Blai hi va estar d'acord a l'acte.

Aquella mateixa tarda el van examinar. L'Hug de cal Rosset, que presidia el tribunal avaluador, li va explicar que el test consistia en tres proves i que per obtenir el diploma –una espècie de certificat sanitari–, les havia d'encertar totes. La colla –érem cinc o sis– ens vam esquitllar cap a la carretera de València d'Àneu, als afores del poble.

–Primera pregunta! –va dir l'Hug amb veu solemne–. Què és això? –amb el dit assenyalava alguna cosa.

–Això és un arbre! –va respondre el Blai, sense pensar-s'hi gaire.

–Resposta incorrecta –va dir l'Hug–. Això és un freixe.

–Bé, però una *feixa*, o com coi se'n digui, és un arbre, no? –va protestar el set-ciències.

–Naturalment, però dir arbre és com no dir re –va aclarir l'examinador–. Els camacus, de totes les plantes grosses, en dieu arbres. Deu ser una malaltia que teniu a la vista. En canvi, la gent sana, la gent del país, no en veiem gaires, d'arbres. El que veiem són freixes, noguers, salzes, pins, avets i etcètera.

–Per ara, camacu de tercera categoria! —va cantar la Bel.

L'examinador tenia ja a punt la segona pregunta:

–Mira't bé aquesta ramada. –El pastor de Carrera tenia les ovelles esteses pel prat–. Ens sabries dir quina bèstia és aquella que duu unes banyes recargolades al cap, i que és diferent de les altres?

–Ara no m'enxampareu! –va dir mon cosí–. Ja ho sé, que no és una ovella. Que us penseu que no ho veig, que no porta llana a l'esquena? Aquell animal és una cabra.

–Resposta incorrecta –va sentenciar l'Hug–. És un boc.

–Un boc? –es va estranyar el Blai. Segur que no l'havia sentida mai, aquesta paraula.

–Sí, un boc. O un cabrot, dis-li com vulguis. El mascle de la cabra –va explicar l'examinador.

–No s'hi val! –reclamava el cosinet–. El sexe de l'animal no té importància!

–Au, vinga, home! No diguis ruqueries. O és que tu ets tan beneit que no saps distingir un home d'una dona?

–Camacu de segona! –van cantar alhora, la Bel i la Rat.

–Per ara! –van matisar els del tribunal.

A València, vam entrar en una corralina de porcs. Feia una pudor que empestava. Ajaguda damunt del fem, la verra donava de popar a una dotzena de porcellets grunyidors, emmerdats fins a les orelles. Ningú de la colla no va fer cap comentari. Tots ens mossegàvem la llengua esperant la reacció del que s'examinava. Per fi, el Blai va exclamar:

–Que macos!

Immediatament, tots vam esclafir en crits de burla i riallades. Que idiota, havia caigut de quatre potes al parany!

–Aquesta era la tercera prova –va dir l'Hug–. Tu mateix has dit el veredicte: Camacu de Primera Categoria!

–Camacu! Camacu! Camacu! –baladrejàvem tots fins a esgargamellar-nos.

–Sou una colla de salvatges! –va dir el Blai.

Per acabar-ho d'adobar, amb l'emoció de l'examen, havia xafat un cagalló i s'havia empastifat les vambes. Se'n va tornar a casa, es va tancar amb la tele i em va deixar en pau la resta del cap de setmana.

⬩◆⬩

A MITJA SETMANA rebia la cartera amb els documents personals, però sense el bolígraf. Gràcies a l'adreça del remitent, els d'informació de la Telefònica em van donar el número de telèfon. Em va faltar temps per trucar-hi:

–Sóc la Bet d'Esterri. Acabo de rebre la cartera. Moltes gràcies per tot.

–Un moment, que ara s'hi posa la mare. –Era una veu de criatura.

Quan la senyora va agafar l'aparell, vaig repetir-li les gràcies.

–No cal que m'ho agraeixis, maca –va dir ella–. Era la meva obligació.

–No va pas trobar re més, a la vora de la cartera? Dintre de la bossa hi portava un transistor petit, un mocador...

–Un mocador de flors? –em va interrompre–. Que també és teu? Pensava que no tenia res a veure amb la cartera.

–És de la meua mare. I un bolígraf de color groc?

–Doncs sí, també vaig arreplegar un bolígraf. Però et dic el mateix que el mocador. Com que la cartera era només entrar i el bolígraf i el mocador eren ja damunt dels primers esglaons, em vaig imaginar que els havia perdut algun veí de l'escala. A més, la nena va provar d'escriure amb el bolígraf i no el va poder fer ratllar. La veritat és que no li vaig donar importància...

–No és que valgui gran cosa, el bolígraf –vaig mentir–, però és el primer que em vaig comprar de petita i m'agrada de guardar-lo. Que me'l pot enviar?

–I és clar, nena. No pateixis, que ja te l'enviaré amb el mocador. Si vols vaig a correus i t'ho certifico, com la cartera. Però t'hauràs d'esperar a dilluns, perquè demà no puc i el cap de setmana ens n'anem fora.

–No val la pena que ho certifiqui. –Volia demostrar-li que jo no li donava gaire importància. A més, com més aviat el tingués, millor.

–Doncs estigues tranquil·la, que aquesta mateixa tarda t'ho envio. I perdona per no haver-ho fet abans.

–I ara, dona! Moltes gràcies per tot.

Si ho enviava avui que era dijous, volia dir que jo ho tindria dilluns o dimarts. A tot estirar, dimecres. Doncs bé, van passar tots aquests dies, i no vaig rebre re. Cada migdia, en sortir de l'escola, corria cap a casa, obria la bústia i només hi trobava les carallades de sempre: fulls de propaganda dirigits a ningú i alguna carta del banc per al pare. No sé si vosaltres us heu trobat alguna vegada en una situació semblant. Vull dir, si durant un temps heu esperat amb candeletes de rebre una carta molt important, una carta que pot canviar la vostra vida. Us ho pregunto només perquè potser entendreu millor els nervis que passava. A l'hora del pati, que solia coincidir amb l'hora en què el carter repartia la correspondència, sortia a donar un tomb pel poble. Passava per davant de l'oficina de correus i encabat m'entaforava pels carrerons i l'espiava. Quan descobria la taca blavosa del carter, entrant i sortint de les cases, passava davant seu tot esperant que, en veure'm, em digués: «Tinc una cosa per a tu, Bet.» Ell, però, atrafegat amb el seu carterot penjat a l'espatlla, gràcies que respongués el meu bondia.

Un matí no em vaig poder aguantar més:

–No té pas un paquetet per a mi, senyor Batalla? –vaig preguntar, procurant amagar el meu interès.

Ell, sense aturar-se, va dir:

–T'ho acabo de deixar a la bústia.

Vaig córrer cap a casa com una esperitada. Allí mateix a l'entrada vaig estripar el paper d'embolicar, sense llegir el remitent ni re. Efectivament era un bolígraf. Però en lloc de ser gruixut i de plàstic barat com el meu, era tot de metall daurat, un d'aquests bolígrafs que la gent us regala quan no sap massa què regalar-vos. Llavors vaig adonar-me que dintre de la capseta hi havia un sobre petit amb el meu nom. La targeta deia: «Per molts anys, Bet! Quina sorpresa, no? Et pensaves que no me'n recordaria, oi, antipàtica? Doncs com que el telèfon és tan car (sempre em dius que ta mare et renya si truques), t'envio això perquè no tinguis cap excusa i em facis quatre ratlles. Ens veurem a l'estiu. Almenys jo ho espero. Iu.»

–Ostres, Iu, quina brometa! –vaig explotar–. Ets un malparit!

Dos segons més tard, ja me'n penedia. Al cap i a la fi, si jo m'havia fet la il·lusió de rebre una altra cosa, ell no en tenia cap culpa. Al revés, li havia d'agrair el regal, per haver-se recordat que aquell dia complia catorze anys. La culpa, en tot cas, era meua. Per primera vegada, una data tan important per a la meua vida, m'havia passat desapercebuda fins a mig matí. A l'hora de dinar, els pares em van voler sorprendre amb un pastís d'aniversari que havia encarregat la padrina abans de sortir d'excursió amb els jubilats. La mare, després de bufar les espelmetes, em va besar:

–Ara ja ets gran, Bet! –em va dir.

–Cada any, tal dia com avui em dius el mateix –vaig riure.

–Però ara és veritat, Bet. Té, aquest és el regal que et fem ton pare i jo.

Era un vestit de bany, d'aquests d'una sola peça.

–El que tenies ja et quedava petit –va dir el pare, tallant el pastís.

–Aquell està més passat de moda que el biquini de la mare –vaig fer–. I, sense tastar el pastís, me'l vaig anar a emprovar. El banyador era tot negre, amb una franja roja, en forma de piràmide allargassada, que anava des del pit dret fins a la cuixa esquerra. Em quedava tan superbé, que vaig haver d'observar-me de cap a peus. Em costava de creure que aquella dona que em mirava des de l'armari mirall de l'habitació dels pares era la mateixa nena a qui un lladre havia robat el canut dels minairons. Per donar-los una sorpresa, vaig tornar al menjador amb el banyador posat, descalça i caminat de puntetes. La mare em va descobrir de seguit. Amb el dit índex davant del nas, li vaig indicar que callés, mentre assenyalava el pare, que ja s'havia escarxofat al sofà davant de la tele. Ella em va fer la guerxina i, sempre en silenci, em va oferir un cigarret del seu paquet. A poc a poquet, em vaig anar atansant al pare, fins a quedar-me palplantada davant seu:

–Em vol donar foc, senyor Mas? –li vaig demanar, imitant la seducció d'una artista de cine.

El pare va tenir un sobresalt de ca l'Ample. Després de l'ensurt, que va ser corejat per les rialles meues i de la mare, em va mirar d'una manera estranya. No sé com explicar-me, però per uns moments em va semblar que aquells ulls no eren els del meu pare.

–Et queda molt bé –va dir, finalment–. Ara només et cal esperar que arribi l'estiu per estrenar-lo.

–Només falten tres setmanes perquè obrin les piscines. Oi, mare?

12

FARTA D'ESPERAR el paquet, vaig trucar de nou a la senyora de Barcelona. Em va jurar que la mateixa tarda que jo li telefonava, ella havia ficat el mocador i el bolígraf en un sobre de paper gruixut i l'havia anat a tirar en una bústia de prop de casa.

–Hi va posar segells, suposo.

–És clar, dona! Com que no sabia exactament quant valia, n'hi vaig posar més del compte, n'estic segura.

–Doncs jo no ho he rebut.

–Si que em sap greu! Es deu haver perdut pel camí.

Sense insistir més, vaig penjar l'aparell. Després de donar-hi moltes voltes, vaig arribar a la conclusió que, en realitat, una carta és gairebé impossible que es perdi. Que no pot desaparèixer així com així, vaja. No sé si m'explico. Vull dir que una carta no es perd a correus de la mateixa manera com podem perdre, posem per cas, una arracada al bosc. Que, si no la reps, el més probable és que algú l'hagi *trobada*. Qui?

Això ja és més difícil de saber. Una carta, des que se l'ha empassada la bústia fins que t'arriba, passa per un bon ramat de mans. Tot d'una, vaig tenir una intuïció: «Si algú ha robat els minairons, potser sortirà als diaris.»

L'endemà vaig entrar a la biblioteca del poble i vaig demanar tots els diaris de quinze dies enrere. Al tercer o quart periòdic que fullejava, vaig llegir una notícia que em tallà l'alè. Era una nota molt breu, en una columneta de la secció de successos.

> **Estranya mort a Correus.** Barcelona. Ahir dimarts va aparèixer mort en un vàter de correus (oficina principal) el treballador de la casa Eleuterio Rodríguez. Segons sembla, el funcionari va morir poc després d'haver obert un paquet postal. El cadàver fou descobert per una dona del servei de neteja.

Per indicació de la bibliotecària –a la qual vaig amagar, naturalment, el motiu del meu interès per la notícia– em vaig comprar la revista *Sang i Fetge,* un setmanari sensacionalista especialitzat en crims esgarrifosos. Ni l'últim número de la revista, ni el corresponent a la setmana anterior no en deien re. Una setmana més tard, la revista dedicava tota una pàgina sencera a aquesta mort. L'encapçalament era tan estrambòtic que, d'entrada, el reportatge m'havia passat desapercebut. Fixeu-vos com es titulava: «El mocador assassí.» L'article anava il·lustrat amb dues fotografies. En la més gran, es veia la façana de Correus de Barcelona. En l'altra, una mica borrosa, un home –el peu de foto deia que es tractava de la víctima– somreia, dret damunt la sorra d'una platja qualsevol, abraçant una dona molt grassa.

El periodista començava explicant que la víctima, Eleuterio Rodríguez Valsequillo, tot just si feia un mes que treballava a Barcelona. Procedia d'una oficina de Badajoz, on havia tingut problemes amb els seus superiors, ja que en més d'una ocasió se l'havia culpat de violar correspondència. Mai, però, no es va poder demostrar re. El trasllat del funcionari a Catalunya es podia considerar, doncs, com un càstig.

Seguidament, l'autor exposava, amb tota mena de detalls, les circumstàncies en què havia aparegut el cadàver: estirat al vàter, amb els pantalons trossats, i amb el baldó de la porta passat. A terra, enmig de bocins de paper higiènic, s'hi havia trobat un bolígraf, obert i sense mina, i un mocador de flors. El metge forense havia dictaminat mort per asfíxia.

A continuació, el periodista formulava la seua hipòtesi sobre el cas. Segons ell, no hi havia cap dubte que la víctima havia mort poc després d'obrir un paquet que ell havia *retirat* de la sala de classificació on treballava. El fet que hagués llençat el sobre a la tassa del vàter i encabat hagués estirat la cadena, impedia de conèixer la identitat del destinatari. Quina fou la causa de la mort? D'entrada, el periodista descartava tant l'atac de cor, com havia admès la policia per no haver d'investigar, com el bolígraf bomba, hipòtesi que algú havia insinuat. Sempre segons ell, el mocador estaria amarat d'un perfum verinós que et feia tòrcer el coll tan aviat com l'ensumaves. Qui enviava el mocador assassí?, es preguntava el periodista. Aquesta era, per descomptat, la mare dels ous. A qui anava dirigit? El detall de les flors estampades, no podia fer pensar en un grup armat de caire ecologista, que el trametés a una patum de la política o de les finances? En fi, embolicava tant la troca de les suposicions, que fins i tot arribava a sospitar d'alguna persona, pròxima al difunt, que, coneixedora de la cleptomania de la víctima, enviava mocadors emmetzinats a adreces falses, perquè l'Eleuterio caigués a la trampa...

«Mare de Déu Santíssima, quina manera de desbarrar!», em vaig dir, tancant la revista. I tan senzill com és tot! I em vaig imaginar el pobre Eleuterio, estripant el sobre i destapant el canut, amb l'esperança que dintre hi trobaria qui sap quina joia.

–Què farem, què direm? Què farem, què direm? –li demanarien els minairons tres segons més tard.

I ell es quedaria de pedra, com si veiés visions. Cal suposar, a més a més, que el pobre home no entenia ni un borrall de català.

–*¿Qué coño paza aquí?* –diria, estranyat.

–Què farem, què direm? Què farem, què direm? –li exigirien els del canut.

I ell, cada cop més atabalat, cada cop més acorralat en aquella comuna, no sabria com reaccionar:

–*¿Qué disen eso bisho? Parese un enjambre de lusiérnaga...*

Probablement aquestes serien les seues últimes paraules, abans de caure estrangulat. Conten els vells que les víctimes dels minairons tenen una mort tan ràpida, que se'n van a l'altre barri gairebé sense adonar-se'n. Era l'únic consol que em restava.

♦◆♦

EN VA SABER molt greu, aquest accident. Encara que de vegades us hagi semblat que sóc una fresca, us juro que no tinc pas el cor de pedra. Era responsable de la mort de l'Eleuterio?, em preguntava cada segon. Per un serial de la televisió, vaig saber que els jutges distingeixen entre assassinat i homicidi, segons que el causant de la mort hagi actuat de forma voluntària o ho hagi fet sense voler. M'esborronava de pensar que jo fos una homicida. Quin era el meu deure moral, en aquella situació? Després de molt rumiar, vaig decidir que ho confessaria tot a la policia.

De moment, però, s'atansava la fi del curs i els mestres anaven contrarellotge explicant lliçons per acabar el remaleït temari. Entre exàmens i treballs, se m'atarterava la feina. L'últim mes vaig pencar com una condemnada. Una mica per distraure'm de les cabòries, una mica per por de suspendre, el cas és que vaig acabar el curs amb un esprint increïble. Els mestres es van quedar amb un pam de nas, no se'n sabien avenir: vaig traure un notable de mitjana.

–Ja li pots fer un bon regal, a la teua filla! –va exclamar la mare en veure aquelles notasses.

–Vull un ordinador –vaig dir sense embuts.

–I això, quant val? –volia saber el pare.

–Que t'agradaria el meu? –va fer la mare.

–No està gens malament...

–Doncs, ja te'l regalo. Jo em compraré un model més potent. Per segons quines coses, aquest ja em va una mica petit.

Ja us he dit abans que havia pres la decisió de confessar-ho tot a la policia. La història de l'accident, però, era tan llarga i enrevessada, que en el moment de contar-la, era molt fàcil que passés per alt més d'un detall. La millor manera d'explicar-la era fer-ho per escrit. Ens deia el mestre de literatura que, per escriure, es necessiten cinc coses: un diccionari, un ordinador, temps, ganes d'escriure i imaginació. De moment jo, amb dos mesos de vacances per davant, disposava de les quatre primeres. En lloc d'imaginació, necessitava memòria, perquè tot el que volia escriure, ho havia viscut i patit uns mesos enrere.

Vaig passar l'estiu enganxada a l'ordinador. Al vespre, quan l'Iu sortia de l'entrenament, es presentava a casa i em rescatava del teclat. Donàvem un tomb pel poble i al final, preníem la fresca a la terrassa del Ventolau tot observant, entre glop i glop, el carnaval turístic del carrer Major: camacus amb xandall, gavatxos amb calça curta i la canalla forastera amb l'uniforme de les colònies. A l'estiu, ací dalt, només la gent del país anem vestits amb la roba normal. M'agradava seure al costat de l'Iu i parlar de qualsevol cosa. Parlar de tot, excepte de la història que jo redactava de dia. Els darrers dies d'agost, me la vaig acabar de ventilar tota. Vaig imprimir el disquet –un centenar de folis–, ho vaig ficar dins d'un sobre i el vaig enviar al cap de la policia de Barcelona.

◆◆◆

EM PENSAVA que qualsevol dia es presentarien a casa un parell de policies secrets per interrogar-me. De moment, però, no va passar re. Al cap de dos mesos, quan la por del càstig i el remordiment per la mort de l'Eleuterio ja no em treien la son, el meu pare va rebre una carta de la Guàrdia Civil de Lleida, que deia que em presentés, sense cap excusa ni demora, a la caserna d'Esterri. A casa es van esverar. Ma mare ja es pensava que m'havien enxampat amb droga, o bé que formava part d'un escamot terrorista que volia matar el rei a les pistes de Vaqueira. L'assumpte pintava tan malament, que el meu pare, que no ha assistit mai a una sola reunió convocada pel col·legi, ens va voler acompanyar.

El cap dels civils ens va fer passar al seu despatx i ens convidà a seure. Un mostatxo, de cap a cap de la cara com un forrellat, li donava un aire de personatge de còmic.

–*Usted dirá, señor Secundino* –va dir ma mare–. *Ya se puede haser cargo que estamos con el ai al corasón.*

–*Por favor, señora Puig. Hábleme en catalán, que ya sabe que lo entiendo muy bien* –va dir ell molt educat. Li devien fer mal les orelles de sentir-la–. *Tranquilícense, que no se trata de nada grave. ¿Les ha contado algo su hija de esto?* –I va traure de dins d'una carpeta el plec dels meus folis.

–No en sabem re –van dir tots dos alhora.

Llavors ell els va explicar que jo havia escrit una història fantàstica i que encabat –segurament perquè l'acció semblés més real– havia tingut la gosadia d'enviar-la a la policia. Que en això d'escriure no hi havia cap mal, però que no es podia fer conya amb la justícia. Enraonava dirigint-se només a ma mare. Com que és regidora de l'Ajuntament, es veia d'una hora lluny que li tenia respecte. El meu pare, com si no fos a la cadira.

–És veritat tot això que ha explicat el senyor Secundino? –em va renyar ella.

–Sí, mare, tot és veritat –vaig reconèixer.

–I per això em vas demanar l'ordinador? –em va escridassar.

–*Déjela, señora Puig* –va intervenir l'autoritat–. *Por una vez, la perdonamos.*

Gràcies, senyor civil!, vaig agrair-li mentalment. No sap el gran pes que m'ha tret del damunt!

En sortir de la caserna, el guàrdia em donà uns copets a l'espatlla:

–*¡Ánimos, muchacha, a ver si ganamos el Nóbel!* –em va dir rient. I, abans de tornar-me el sobre amb els meus folis, em picà l'ullet i em mormolà a cau d'orella–: *¡No está nada mal la novelita! ¡Te lo dice el señor Secundino, que es un gran lector!*

Abans d'arribar a casa, ma mare ja m'havia pidolat més de mil camins la meua obra. Volia, tant sí com no, que la hi deixés llegir. Li vaig dir que ni parlar-ne. Quina vergonya! Us imagineu? Poca estona després, estripava els folis, esborrava la història del disc dur i amagava el disquet –on tenia guardat l'arxiu de la història–, en un amagatall de la prestatgeria de la meua habitació.

♦◆♦

SI AQUELL DIA, a cop calent, no ho vaig destruir tot, va ser perquè ja devia covar la idea de camuflar les meues facècies amb els minairons en una novel·la real. En pocs dies la vaig tenir enllestida: només em va caldre canviar el meu nom –i el de les persones que conec– i fer passar la història en un altre poble del Pirineu, que imagino molt semblant al que jo visc.

I aquí us la teniu! El fet que els noms de les persones siguin uns altres no té gaire importància. El que importa són els minairons i aquests –us ho ben juro!– són més vius que un eixam de mosquits a posta de sol. He escrit la història, pensant en el xiquet o xiqueta que un dia serà amo o mestressa del canut. Pensant, al cap i a la fi, en vosaltres, perquè tots teniu moltes possibilitats de trobar el canut. Quan els minairons siguin a les vostres mans, aprofiteu-los, traieu-los tot el suc que pugueu, no els deixeu respirar ni un minut. I el dia que algú us prengui el canut, feu el cor fort i no us disgusteu massa. Penseu que aquesta és la llei de vida dels minairons.

Em preguntareu si jo els trobo a faltar. Mentiria si us contestés que no els enyoro gens ni mica. De totes maneres, cada dia que passa els veig més lluny. Els he perdut per sempre, ho sé, però he guanyat altres coses. Per exemple, l'Iu, que de vegades també em fa somiar desperta. I us deixo, perquè ja fa més de dos minuts que m'espera al Ventolau. Com que juga a bàsquet, valora molt el temps i és sempre puntual com un rellotge.

Lleida, estiu del 1991.

Índex

L'AUTOR

Pep Coll (Pessonada, Pallars Jussà, 1949) és filòsof i professor de llengua i literatura catalanes a l'Institut Màrius Torres de Lleida, ciutat on resideix actualment. Com a escriptor ha conreat tota mena de gèneres en prosa: novel·les infantils i juvenils, teatre, guions per a la televisió, articles per a diaris i revistes, novel·les per a adults... Amb *Què farem, què direm?* va guanyar el premi Gran Angular 1991 i el Crítica Serra d'Or 1993.

L'OBRA

En una visita al Museu Etnològic, la Bet veu que el canut que conté els minairons es mou en la vitrina on s'exposa al públic, i decideix robar-lo. La Bet s'ho passa d'allò més bé amb els follets: explicar històries, fer de polls al cap de la gent, escriure una redacció de cent paraules, entrar al disc dur de l'ordinador, ficar-se a dins d'una rentadora i ferla anar pel carrer o participar decisivament en un partit de bàsquet són algunes de les activitats dels minairons. Un dia, en una visita a Barcelona, la Bet es queda sense bossa i sense canut. Però no triga gaire a saber on han anat a parar els minairons: el diari comenta la mort misteriosa d'un carter; al lloc dels fets s'ha trobat un canut buit.

I TAMBÉ...

93 ***Jordi d'Urtx***
Octavi Egea
Premi Gran Angular 1997

Al principi del segle xvii es va estendre per Catalunya una terrible caça de bruixes. En Jordi d'Urtx veu com empresonen, jutgen i condemnen els seus pares per culpa del fals testimoni de la pròpia àvia, i ha d'escollir entre intentar alliberar-los o fugir i salvar les seves germanes.

142 ***Cor de Roure***
Emili Teixidor

La guerra s'acosta a Cor de Roure, la masia de Don Llop, que encarrega a en Tinoc, el noi que té afillat, que vigili el casalot mentre la família i el servei es refugien en una residència d'estiu. Durant els dies que estarà sol, en Tinoc rebrà la visita de personatges misteriosos i viurà peripècies emocionants.

150 ***El secret del bandoler***
Llorenç Capdevila

L'Andreu s'assabenta que el seu pare no va morir d'accident, sinó assassinat. Ple de ràbia, se'n va de casa per venjar aquella mort. Buscant pistes per trobar l'assassí coneix personatges de tota mena, s'enamora bojament, està a punt de deixar-hi la pell i va descobrint qui era realment el seu pare. Al final, ell mateix serà un altre.

165 ***Revòlver***
Marcus Sedgwick

En Sig s'ha quedat sol a casa, amb el cadàver del seu pare sobre la taula. La seva germana i la dona del pare han anat al poble a buscar ajuda. De sobte truquen a la porta. És un home d'aspecte amenaçador que porta una arma penjada al cinturó. En Sig es recorda immediatament del revòlver que tenen guardat al rebost